책으로 노는 시니어

책으로 노는 시니어

지은이 | 문무학

초판 발행 | 2024년 2월 1일

펴낸이 | 신우철
펴낸곳 | 뜻밖에
출판등록 | 제25100-2021-000005

대구광역시 달서구 문화회관11안길 22-1(2층)
전화_(053) 522-0700 팩시밀리_(053) 554-3433
전자우편_book0700@naver.com

ISBN_979-11-983681-1-9 03810

책으로 노는 시니어

문무학

뜻밖에

책에서 꿈과 길을 찾고 싶다

『책으로 노는 시니어』란 한 권의 책을 묶는다. 특별하거나 거창한 의미를 가진 책은 아니다. 그 누구에게나 책으로 노는 삶이 참 좋다는 말을 하고 싶을 뿐이다. 그중에서도 어떻게 살아야 좋을까 고민해 본 적 있는 젊은이, 할 일이 없어서 심심해 죽겠다는 생각이 든 적 있는 시니어들에게 책으로 한번 놀아보자고 권유하는 것이다. 그것을 말로써가 아니라 실천한 것을 보여줌으로써 권유의 뜻에 방점을 찍고자 하는 것이다.

많은 책을 읽은 것도 아니다. 많이 읽으려고 애쓰지도 않았다. 한 주에 한 권의 책을 읽고, 책을 덮어버리는 것이 아니라 읽은 뒤의 생각을 서평의 그릇에 담은 것이다. 심각하게 쓴 것도 아니고, 책의 내용을 한번 곱씹어 본 정도다. 이 일 하나를 위해서, 월요일엔 어느 책을 읽을까 정하는데, 그래서 나의 월요일은 '책 요일'. 주로 사 놓고 안 읽은 책, 읽었지만 또 읽고 싶은 책을 먼저 찾아 읽고, 꼭 읽어야 할 책은 사거나 도서관에서 빌려 읽었다.

월요일부터 선택한 책을 읽고 주말에 서평을 쓰니 늙어 한심하다거나 심심할 시간이 없어 삶에 생기가 돌았다. 뇌를 쓰기 때문이다. 뇌 쓰는 것은 치매 예방의 지름길. 한 권의 책을 읽고 나면, '나는 지난주의 내가 아니다' 라는 생각이 든다. 착각, 그래도 좋다. 젊은이들을 만나서도 "나 때는 말이야."가 아니라 읽는 책, 읽은 책을 말하면 '꼰대'에서도 벗어난다. 이렇게 1년 52주를 보내고 나니 이런 책 한 권이 생긴 것이다.

노인이 되려고 한 번도 노력한 적 없었지만 나는 노인이 되었다. 그렇지만 몸도 마음도 건강하고 싶다. 이 뻔뻔한 소망을 이루기 위해 한 주에 한 권, 책 읽으며 놀자는 요량을 했다. 어차피 몸은 병들기 마련이고 정신은 희미해져 갈 것이다. 끝내는 그렇게 이 세상 떠나갈 테지만 좀 더 맑은 정신으로 남은 목숨을 지키고 싶다. 健康은 '굳셀 건', '편안 강' 몸에 병 없고 마음이 편하려면, 몸은 걷기에 마음은 한 주 한 권의 책에 기댈 수밖에 없다.

이 책을 읽어 줄 사람이 많지 않을 것이다. 그래도 괜찮다. 일흔 넘겨보니 책과 노는 것이 가장 남는 게 많았다. 책으로 놀아 보니 일흔 살기에 가장 이상적이라고 망설이지 않고 말할 자신이 생겼다. 늘 책 읽으며 늙어 가리라는 꿈을 꾼다. 그 꿈을 실천해 가는 과정을 이렇게 정리하니 기분이 참 좋아지고 뭔가를 이뤘다는 보람도 생긴다. 일흔에 기쁨을 생산하는 일은 잘 늙는 것, 하기 싫은 일 하지 않고 獨立해서 살며 讀立하고 싶다.

내 이런 삶에 힘이 되어주는 '학이사독서아카데미' 회원들, 매월 한 권씩의 고전을 읽고 토론회를 가지는 '책으로 노는 사람들' 에게 참으로 고맙다는 말씀을 전한다. 그들이 있어서 주저앉지 않고 여기까지 올 수 있었다. 문자시대에서 영상시대로 급변하는 이 무서운 시대, 그래도 나는 책을 믿고 책을 사랑하는 사람으로 남아, 책에서 꿈과 길을 찾고 싶다. 그 길 함께 가자고 손을 내민다. 그 뜻을 받아 책으로 묶어주는 출판사 대표님도 참 고맙다.

한 주 한 권의 책으로 보낸 2023년의 끝 날에
저자

차례

책머리에 _ 책에서 꿈과 길을 찾고 싶다 …4

제01주 20230108, 『노인과 바다』 12

제02주 20230115, 『잠수종과 나비』 17

제03주 20230122, 『안나 카레니나』 20

제04주 20230129, 『호모 루덴스』 33

제05주 20230205, 『웬만해선 아무렇지 않다』 40

제06주 20230212, 『변신』 43

제07주 20230219, 『지중해의 영감』 46

제08주 20230226, 『어느 무신론자의 기도』 49

제09주 20230305, 『붉은 수수밭』 54

제10주 20230312, 『대성당』 60

제11주 20230319, 『손자병법』 65

제12주 20230326, 『오후의 죽음』 68

제13주 20230402, 『라쇼몬』 71

제14주 20230409, 『사기열전』 75

제15주 20230416, 『앵무새 죽이기』 83
제16주 20230423, 『유배지에서 보낸 편지』 89
제17주 20230430, 『죄와 벌 1』 95
제18주 20230507, 『죄와 벌 2』 99
제19주 20230514, 『클라라와 태양』 105
제20주 20230521, 『말은 운명의 조각칼이다』 109
제21주 20230528, 『멋진 신세계』 113
제22주 20230604, 『마음사전』 117
제23주 20230611, 『아버지의 해방일지』 121
제24주 20230618, 『악마는 프라다를 입는다 1』 124
제25주 20230625, 『악마는 프라다를 입는다 2』 128
제26주 20230702, 『엘 시스테마, 꿈을 연주하다』 131
제27주 20230709, 『나는 좌절의 스페셜리스트입니다』 138
제28주 20230716, 『마리스 얀손스 평전』 143

제29주 20230723, 『순교자』 146

제30주 20230730, 『사씨남정기』 149

제31주 20230806, 『안네의 일기』 152

제32주 20230813, 『호모 데우스 』 155

제33주 20230820, 『그래도 살아남아 사랑해야 한다』 159

제34주 20230827, 『인간과 말』 163

제35주 20230903, 『스노크래시』 168

제36주 20230910, 『무녀도』 173

제37주 20230917, 『임경업전』 177

제38주 20230924, 『눈 한 송이의 무게』 180

제39주 20231001, 『1984년』 183

제40주 02231008, 『페스트』 188

제41주 20231015, 『사랑이라는 것』 192

제42주 20231022, 『시가 인생을 가르쳐 준다』 197

제43주 20231029, 『보트하우스』 202

제44주 20231105, 『가을날의 꿈 외』 206

제45주 20231112, 『아침 그리고 저녁』 210

제46주 20231119, 『3부작』 213

제47주 20231126, 『멜랑콜리아 I - II』 216

제48주 20231203, 『그녀들의 거짓말』 220

제49주 20231210, 『루바이야트』 224

제50주 20231217, 『칼의 노래』 228

제51주 20231224, 『작별하지 않는다』 232

제52주 20231231, 『트렌드 코리아 2024』 235

2023년 해적이 241

01 주
2023.
01. 08.

'그러려니' 라고 말할 수 있는 노인

어니스트 헤밍웨이, 황동규 옮김, 『노인과 바다』,
샘터문고, 1975.

1월 첫째 주, 무슨 책을 읽을까? 내게 노벨문학상 수상작으로 강하게 각인되어 있는 헤밍웨이의 『노인과 바다』를 떠올린다. 젊었을 적에 읽었던 『노인과 바다』를 노인이 되어 읽으면 어떨까 하는 생각을 가지며 책을 찾는다. 1975년 샘터사가 "스스로 생각하며/ 스스로 판단하고/ 선택하는 자주적인 인간 개성을 길러가는 데 이바지하기 위하여" 낸다는 샘터문고의 『헤밍웨이 걸작선』이라는 책을 책꽂이에서 찾아냈다.

「프랜시스 맥코우머의 짧고 행복한 생애」, 「킬리만자로의 눈」, 「살인자들」 그리고 「노인과 바다」가 실린 문고판 책이다. 작은 글씨, 세로 조판, 48년 전에 인쇄된 책이다. 힘들긴 하지만 고전을 읽는 약간의 불편함은 진지함을 더할 수 있어서 은근히 즐기는 고통 중 하나다. 「노인과 바다」 외 세 편은 모두 죽음을 다루고 있는데, 그 죽음은 주인공들이 '어른이 되는' 순간과 관련된다. 죽음을 수식 없이 받아들이고 있는 자세는 이 작품들의 공통되는 태도이다. '어른스러운 죽음' 들은 '패배를 뛰어넘는 상태' 로 이끌어 준다.

헤밍웨이는 1899년생, 고등학교 졸업 후 신문기자로 일했다. 적십자사 앰뷸런스 운전사로 지원하여 이탈리아 전선에서 종군, 중상을 입었다. 1921년 결혼, 1927년 해들리와 이혼하고 폴린 파이퍼와 결혼, 1928년 부친 자살, 1937~ 38년 스페인 내란 때 신문 특파원으로 종군, 1940년 폴린과 이혼하고 마르타 겔호른과 결혼, 1944년 신문기자로 노르망디 상륙작전, 파리 탈환 등을 취재, 1946년 메리 웰시와 네 번째 결혼, 1952년 『노인과 바다』를 발표하고 1953년 노벨문학상을 수상한다. 1961년 7월 2일 아침, 엽총을 발사해서 스스로 목숨을 끊었다.

흔치 않은 이력이다. 특히 네 번의 결혼이나 전쟁 참여와 중상, 종군 기자로서의 삶은 그가 죽음에 관한 많은 생각을 갖게 하고, 그것을 반영한 작품이 많은 까닭이 되지 않았을까 싶다. 『무기여 잘 있어라』, 『누구를 위하여 종은 울리나』 같은 작품은 그의 전쟁 체험이다. 그가 남긴 작품은 소설 7편, 단편집 6편, 논픽션 2편이다. 소설마다 핵심을 이루는 승리와 패배, 삶과 죽음의 주제를 전쟁 체험과 분리해서 생각하기 어렵다. 문체는 이른바 '헤밍웨이 스타일' 로 불리는 간결하고 템포 있는 문장으로 기자 생활과 무관치 않을 것이다.

『노인과 바다』, 멕시코 만에 조그만 돛배를 띄우고 홀로 고기를 잡는 노인, 84일 동안 고기 한 마리 낚지 못하는 날이 계속된다. 처음 40일 동안은 소년 마놀린이 그와 함께했지만 40일이나 허탕 치자 소년의 부모는 노인이 운이 없다고 다른 배로 일자리를 옮기게 한다. 마놀린과 산티아고의 관계는 "네가 내 아들이라면 데리고 나가 운을 걸어 보겠다만"과 "좋은 어부도 많죠. 그러나 할아버지가 제일이에요."라는 말로 믿고 서로 의지하는 사이라는 걸 짐작할 수 있다. 노인과 소년의 관계가 참 아름답다.

"여러 고장과 해변에 있는 사자들 꿈만 꾸었다. 그는 소년을 사랑하듯이 그 사자들을 사랑했다." 그런 꿈을 꾸고 배를 들어 물속으로 밀어 넣었다. "행운을 빌어요. 할아버지." "너한테도 행운이 같이하기를" 그런 인사를 나누고 홀로 바다에 나간 노인, 85일째 되던 날 큰 청새치를 잡게 된다. 엄청난 고난을 겪으며, 잡은 고기를 매달고 시장에서 높은 가격에 팔릴 것을 기대하며 돌아오는데 청새치의 피가 상어들을 유인하여 상어 떼가 와서 고기를 다 먹어 버리고 뼈만 끌고 돌아오게 된다는 아주 단순하다면 단순한 구성이다.

"사람은 패배하도록 만들어지지 않았어." 그는 외쳤

다. "사람을 멸망시킬 수는 있어도 패배시킬 수는 없지." 상어 떼에게 잡은 고기를 빼앗기면서 그가 내뱉는 말인데 이 소설의 주제가 되는 것이다. 노인은 이미 지도록 되어 있는 싸움에서 최선을 다해 싸운다. 최선을 다하는 것이 어떤 것인지를 분명하게 보여준다. 그럼에도 불구하고 그는 결국 패배한다. 돌아와서 깊은 잠에 빠져있고, 그를 안타까이 여기는 마놀린이 눈물을 흘리며 그를 지켜주는데, 소설의 마지막 문장이 "노인은 사자의 꿈을 꾸고 있었다."로 끝난다. 고기잡이 떠날 때 꾸었던 사자 꿈을 꾸고 있는 것이다. 그래서 멸망도 패배도 아니다.

이 소설엔 노인의 성숙한 의식이 들어있다. 제목이 '노인과 바다' 인데 노인은 바다를 어떻게 생각할까?가 다음 문장에 배어나온다. "노인은 항상 바다를 여성으로 생각했고, 큰 은혜를 베풀거나 보류하는 그 무엇으로 생각했으며, 설사 바다가 난폭하거나 나쁜 일을 한다고 하더라도 그것은 바다로서도 어쩔 수 없기 때문에 그러려니 하고 생각했다. 달이 여자에게 영향을 미치듯이 바다에도 영향을 미치는 것이다. 라고 그는 생각했다."(156쪽) 불행한 일이나 어려운 일을 당하고 만났을 때 '그러려니' 라고 생각하는 것은 젊은이들이나 모자라는 노인들이 할 수 있는 생각은 아니다.

"언제부터 그가 혼자 있을 때 큰 소리로 중얼대는 버

릇을 가지기 시작했는지 자신도 기억할 수 없었다. 옛날에는 혼자 있을 때 노래를 불렀다. (중략) 혼자 있을 때 큰 소리로 중얼대기 시작한 것은 아마 소년이 그를 떠났을 때부터일 것이다. (중략) 바다에서는 필요 없는 이야기를 안 하는 것이 미덕이었다. 노인은 항상 그렇게 생각했고 그것을 존중했다. 그러나 이제는 말을 해도 귀찮아할 사람이 없기 때문에 자기 생각을 입 밖에 내어 말하는 것이었다."(164쪽)는 말, 바다에서 외로움을 견뎌내는 방법도 노인이 되어서 읽으니 참으로 절절하게 느껴진다.

그래, 지금 내게 헤밍웨이의 『노인과 바다』는 제목이 바꾸어진다. 아주 넓게는 '노인의 삶' 이거나 내가 하는 일과 관련해서는 '노인과 문학' 으로 바꿀 수도 있겠다. 산티아고의 바다는 나의 문학 판이다. 성공하기 어렵고, 성공하지 못한 문학 판에서, 결국 패배할지 모르더라도 끝까지 '사자 꿈' 을 꾸듯이 꿈꾸며 사는 것이다. 『노인과 바다』를 노인이 되어서 읽으니 얻을 것도 있다. 혼잣말을 하며 외로움을 견딜 수밖에 없더라도 '그러려니' 라고 말할 수 있는 노인이 되는 것, 그게 아주 괜찮은 노인이 되는 길이라는 생각이 든다. 읽었던 책 다시 아무 페이지나 펼쳐도 감동이 온다. 좋다. 노인이 읽으면 더 좋을 책이다.

02 주
2023.
01. 15.

눈꺼풀로 쓴 책

장 도미니크 보비, 양영란 옮김, 『잠수종과 나비』,
동문선, 2019(초판 10쇄).

프랑스 패션 전문지 《엘르》 편집장, 장 도미니크 보비는 1995년 12월 28일 금요일 오후 뇌졸중으로 쓰러졌다. 3주 후 의식은 회복했으나 그가 움직일 수 있는 것은 오직 왼쪽 눈꺼풀뿐, 그로부터 1997년 3월 9일 세상을 떠날 때까지, 15개월 동안 20만 번의 깜박거림으로 130페이지에 달하는 책을 썼다. 『잠수종과 나비』라는 제목에서 잠수종은 잠수부를 바닷속으로 이동시키고, 물속에서 오래 머물며 수중 작업을 할 수 있도록 하는 장비다. 그것은 갇힘의 상징이고, 나비는 자유의 상징이다.

놀라지 않을 수 없는 사건의 연속으로 이 책은 진행된다. 워낙 놀랄 일이 많아 책이 나오고 이내 영화가 나와 2008년 11월 19일에 개봉했다가 12년이 지난 2020년 11월 19일에 재개봉되기도 했다. 그만큼 충격적이고 사람들이 많은 관심을 보인 것이다. 1997년 3월 첫째 주 이 책은 프랑스 전 서점에 깔렸고, 저자는 3월 9일에 떠났지만 자기만의 필법으로 쓴 자신의 책을 눈으로 볼 수 있었다.

이 책이 우리나라에서도 프랑스 전역에 책이 깔리던 그해 초판이 나왔다. 프랑스에서 3월에 책이 깔렸는데, 5월에 번역판이 나온 것. 매우 빠르게 번역된 책이다. 그만큼 이 책에 관심이 쏠렸던 것이다. 내가 구입한 책은 2019년의 10쇄 판이니 우리나라에서도 적지 않게 읽히는 책이다. 세계가 주목하는 책이 된 것이다. 문학 작품이 아니고, 실화다. 꾸민 것이 아니라 병을 앓는 환자의 생생한 기록이었다.

15개월, 로크드 인 신드롬(Locked-in syndrome)을 앓으면서 손으로 쓰지도 못하면서, 오로지 왼쪽 눈꺼풀만 깜빡거려 이 책을 썼다니 믿어지지 않는다. "이제까지 이 작은 병실에서, 흰 가운을 입은 사람들을 그렇듯 많이 보았던 적은 없었다. 간호사, 간호보조사, 물리치료사, 심리학자, 재활의학자, 신경학자, 인턴에다가 심지어 병원장에 이르기까지 병원 전체가 내 병실로 옮아 온 듯한 느낌이었다."(19쪽)로 시작된다.

눈꺼풀의 움직임으로 쓴 이 책은 프랑스어에서 사용되는 빈도에 따라 철자를 배치한 알파벳표를 사용하여 썼다. "ESA……로 된 알파벳 표를 내게 펼쳐 보이면, 나는 내가 원하는 글자에서 눈을 깜박인다. 상대방은 그 글자를 받아 적으면 된다. 똑같은 과정을 그다음 글자에서도 계속 반복한다. 실수만 하지 않는다면 상당히 빠른 시간 내에 한 단어를 완성할 수 있고, 뜻이 통하는 문장도 토막토막 이어 맞출 수 있다."(37쪽)고 했지만, 그게 그리 쉬운 일이겠는가.

이런 과정을 통해 태어난 책이니 이 책은 손으로 쓴 책이 아니라 눈으로 쓴 책이 되는 것이다. "나는 막막한 심정이 되어 생각에 잠긴다. 열쇠로 가득 찬 이 세상에 내 잠수종을 열어 줄 열쇠는 없는 것일까? 종점 없는 지하철 노선은 없을까? 나의 자유를 되찾아 줄 만큼 막강한 화폐는 없을까? 다른 곳에서 구해 보아야겠다. 나는 그곳으로 간다."(188쪽)는 것이 마지막 문장이다. 물음표 세 개가 던지는 의문은 인간의 한계를 절실하게 깨닫게 한다.

이 책을 읽어나가면서 나는 밑줄을 긋지 않았다. 밑줄을 그으면 안 될 것 같았기 때문이다. 출판사가 띠지에 "삶이 자꾸만 열어지려고 할 때"라는 카피를 붙였는데, 그 카피에 붙잡혔다. 더 솔직하게 표현하면 내가 죽음을 맞이하게 될 때 생애 마지막 독서의 책으로 읽을 만한 책이다. 그때 다시 읽어야 할 책일 것 같다. 그냥 서러워지기만 하는 책이라서…….

03 주
2023. 01. 22.

삶의 매 순간 속에 불어넣을 힘이 무엇인가?

레프 톨스토이, 연진희 옮김, 『안나 카레니나』, 민음사, 2020(1판 42쇄).

"행복한 가정은 모두 모습이 비슷하고, 불행한 가정은 모두 제각각의 불행을 안고 있다."(1권 13쪽)로 시작해서, "이제 나의 모든 삶은, 삶의 매 순간은 이전처럼 무의미하지 않을 뿐 아니라 선의 명백한 의미를 지니고 있어, 나에게는 그것을 삶의 매 순간 속에 불어넣을 힘이 있어!"(3권 560쪽)라는 문장으로 끝나는 소설, 레프 톨스토이의 『안나 카레니나』는 톨스토이 자신이 "나의 진정한 첫 소설"로 선언한 작품이며, 동시대 작가인 도스토옙스키로부터 "완벽한 예술 작품", 나보코프로부터 "톨스토이 스타일의 정점"이라는 극찬을 받은 작품이기도 하다. 또한 W. W. 노튼 출판사가 영국, 미국, 호주의 유명작가 125명에게 모든 시대를 통틀어 가장 훌륭하다고 생각하는 문학작품 10권을 뽑아달라고 청탁하여 그 순위를 정리한 『The Top 10』(2007)에서 1위로 뽑히기도 했다.

이 청탁 결과 "레프 톨스토이(1828~1910)는 1위에 『안나 카레니나』를, 3위에 『전쟁과 평화』를 올림으로써 현재 활동하고 있는 영어권 작가들로부터 존경과 질투를 한 몸에 받는 작가로 자리매김했다."[1] 그리고 국내에서도 러시아 문학을 전공한 학자가 "90권에 이르는 톨스토이 전집 중 『안나 카레니나』를 그의 최고작으로 꼽을 수 있다."[2]고 했다. 따라서 『안나 카레니나』의 세계문학사적 위상은 더 이상의 설명을 요구하지 않는다.

이 작품을 쓴 톨스토이도 마찬가지다. 그의 이름 앞에 붙는 '세계적' 이라는 수식어는 수식이 아닌 사실이며 러시아를 벗어난 작가라는 데 아무런 이의를 달지 않을 것이다. 그것도 그냥 작가가 아니라, 뛰어난 문학 작품을 많이 써서 알려진 사람이라는 문호文豪이며, 그것도 모자라 문호 앞에 대大자를 붙이는 문호다. 이 소설에 얽힌 이 같은 이야기들을 알고 나면 이 소설에 다가서기가 만만하지 않을 것 같기도 하다. 그러나 이 소설은 사람이 살아가는 가장 기본인 가정의 모습을 주된 배경으로 하고 있어 긴장보다는 재미있는 읽을거리가 된다.

---

1) 연진희, 『안나 카레니나 3』, 작품 해설에서.
2) 오종우, 『예술적 상상력-보이는 것 너머를 보는 힘』, 어크로스, 2020, 262쪽.

1

세 권으로 분권된 제1권은 전체 8부 중 1부와 2부를 묶고 있다. 이 소설이 전개되는 두 개의 축, 그러니까 안나 카레니나와 브론스키, 레빈과 키티의 관계를 중심으로 살펴보는 것이 좋을 듯하다. 먼저 안나와 브론스키, 그들은 안나 카레니나가 오블론스키가의 문제를 해결하기 위해 모스크바로 가는 페테르부르크역에서 자신의 어머니를 마중 나온 브론스키와 마주치는 것으로 시작된다. 브론스키가 안나를 처음 봤을 때 어떤 느낌을 받아서 모든 것을 버리고 그녀를 사랑하게 될까?

그는 "그녀의 얼굴에서 뛰노는 절제된 활기를 포착할 수 있었다. 붉은 입술을 곡선 모양으로 만든 희미한 미소와 빛나는 눈동자 사이에서 차분한 생기가 날개를 파닥이며 날아다녔다. 마치 그녀의 존재에서 어떤 것이 흘러넘쳐 그녀의 의지와 상관없이 반짝이는 눈빛과 미소로 나타나는 것 같았다."(1권 136~137쪽) 안나에게 이렇게 첫눈에 반한 브론스키는 안나의 주의를 끌기 위해 온갖 노력을 기울인다. 무도회에서 카레니나는 대단한 센세이션을 일으켰고, 무도회 다음 날 안나가 페테르부르크로 돌아가는데 브론스키는 안나를 쫓아 그 기차를 탔다. 그 광경 또한 예사롭지 않다. "당신이 이 기차에 타고 있는 줄 몰랐어요. 어째서 모스크바를 떠나시나요?" 그녀가 기둥을 잡고 있던 손을 내려놓고 말했다. 그녀의 얼굴에는 억누를 수 없는 기쁨과 생기가 빛나고 있었다. "어째서 떠나느냐고요?" 그는 그녀의 눈을 똑바로 응시하며 되물었다. "당신도 알잖습니까, 당신이 있는 곳에 있고 싶어서 떠난다는 걸." 그가 말했다. "달리 어쩔 도리가 없었습니다."라고 안나에게 사랑을 고백했고, 이 고백은 안나를 깜짝 놀라게 하면서도 행복하게 만들었다.

한편 콘스탄틴 레빈은 시골에서 키티 쉐르바츠카야에게 청혼을 하기 위해서 모스크바로 왔다. 어렵게 청혼을 하는 광경을 보자. "모스크바에 오래 머물지 어떨지 모르겠다고…… 그건 당신에게 달려있다고 말했죠……" 그녀는 점점 다가오는 일에 대해서 뭐라고 대답해야 할지 자꾸만 고개를 숙였다. "그건 당신에게 달려 있습니다." 그는 같은 말을 되풀이했다. "내가 하고 싶은 말은…… 내가 하려는 말은……, 난 그 일 때문에 이곳에 왔습니다. …… 그러니까…… 당신이 내 아내가 되어 줬으면 해서." 그는 자신이 무슨 말을 하는지도 모른 채 이렇게 말했다. 하지만 그는 가장 두려운 말을 입 밖으로 꺼냈다고 느끼며 말을 멈추고 그녀를 바라보았다.

그녀는 그를 바라보지도 않은 채 무겁게 숨을 내쉬었다. 그녀는 황홀한 기쁨을 느꼈다. 행복감이 그녀의 영혼을 가득 채웠다. 그녀는 그의 입에서 흘러나온 사랑의 말이 그녀에게 그토록 강렬한 인상을 주리라고는 상상도 못 했다. 그러나 그것은 한순간에 지나지 않았다. 그녀는 투명하고 진실한 눈으로 레빈을 쳐다보았다. 그리고 그의 절망적인 얼굴을 보며 황급히 대답했다. "그럴 수 없어요…… 용서하세요……" 1분 전만 해도 그녀는 그에게 얼마나 가까운 존재였으며 그의 삶에서 얼마나 소중한 존재였던가! "어쩔 도리가 없군요." 그는 그녀를 쳐다보지도 않은 채 말을 내뱉었다.(1권 111쪽)

18세의 키티는 잘나가는 브론스키 백작에게 빠져있었다. 브론스키는 결혼을 전혀 생각하지 않는 사람이었지만 키티는 그만을 사랑했고 그녀의 부모는 키티의 선택을 지지했다. 그래서 결국 콘스탄틴 레빈의 계획은 이루어질 수 없었다.

2

2권은 3부, 4부, 5부로 구성되었다. 역시 안나와 브론스키, 레빈과 키티를 중심으로 살펴보자. 안나와 브론스키는 안나가 아이를 가지게 되면서 불안 속에서 2중 생활을 하고, 알렉세이는 이혼을 결심한다. 그러나 안나가 브론스키의 딸을 출산하는 과정에서 고통을 겪는 것을 본 알렉세이는 안나를 마음으로 용서한다. 이에 충격을 받은 브론스키는 자살을 시도하지만 실패한다. 딸을 출산한 안나는 이혼을 거부한 채 브론스키와 유럽으로 여행을 떠난다.

그들은 유럽에서 고통스러운 생활에 빠져든다. 그림을 그리고, 돈으로 호사를 부려보아도 둘의 처지는 나아지지 않는다. 결국 페테르부르크로 돌아온 그들을 맞이하는 것은 싸늘한 냉대뿐이었다. 안나가 돌아온 목적 가운데 하나는 그의 아들을 만나는 것이었다. 그가 아들을 만나기 위해 한 일들은 모성애의 위대함을 드러내는 데 부족함이 없다. 그러나 다른 모든 것은 불만스럽지 않은 것이 없었다.

이에 도전이라도 하듯 화려하게 치장하고 오페라를 보러갔다가 안나는 어떤 여자로부터 자기 옆에 앉는 게 수치스럽다는 말을 듣게 되고, 안나를 뒤쫓아 극장에 간 브론스키도 마음이 상해 돌아와 다투기도 한다. 그러나 2권 5부 33의 마지막 문장은 "이튿날 그들은 완전히 화해를 하고 시골로 떠났다."(657쪽)로 마무리된다.

키티에게 청혼했다가 거절당한 레빈은 농사에 매달리며 산다. 그러면서 키티를 잊었다고 생각했다. 그렇지만 어느 날 길을 지나는 키티를 우연히 보고 다시 사랑이 불타오른다. "마차의 한구석에서는 노파가 졸고 있었고, 창가에는 이제 막 잠에서 깬 듯한 젊은 아가씨가 두 손으로 하얀 두건에 달린 작은 리본을 붙잡고 앉아있었다. 생각에 잠긴 듯한 맑은 얼굴의 그녀, 레빈과는 거리가 먼 우아하고 복잡한 내적인 삶으로 꽉 찬 듯한 그녀, 그녀가 그의 너머로 아침노을을 바라보고 있었다." (2권 91쪽)

그러던 중 키티의 형부 스테판 아르카지치를 만나 만찬에 초대되고 거기서 키티를 다시 만나게 된다. 브론스키에게 실연을 겪은 후 몸이 아파 독일 온천에 갔다가 정신적 변화를 겪은 키티 역시 레빈에게 사랑을 강하게 느낀다. 그 만찬에서 키티는 "당신이 지난 일을 잊고 용서해 주기를," 레빈은 "내게는 잊고 용서할 것이 없습니다. 난 줄곧 당신을 사랑했습니다." (4부 343쪽) 그리하여 그들은 약혼식을 거쳐 결혼에 이르고 결혼 생활을 시작했지만, 혼란도 있었다. 5부의 14장 마지막에 오면 "결혼 생활이 석 달째 접어들고 두 사람이 모스크바에서 한 달간 머물고 돌아온 이후에야 비로소 그들의 삶은 평탄해지기 시작했다." (2부 518쪽)

2부에서 밑줄을 그었던 문장으로 "모든 시대를 통틀어 철학의 주요 과제는 바로 개인의 이해와 공공의 이해 사이에 놓인 필연적인 연관을 찾아내는 것이지." (2부 30쪽)가 있다. 자의적으로 철학의 哲 자는 賢 또는 知와 같은 뜻으로 단순히 지를 사랑한다는 것, 그리스어 Philosophia에서도 필로는 사랑하다, 좋아하다라는 뜻의 접두사이고 소피아는 지혜라는 뜻이며 필로소피아는 지를 사랑하는 즉, 애지愛知의 학문을 가리키는 것으로, 알고 있는 것에서 철학에 대한 이해의 지평을 넓히는 말이라는 생각이 들었기 때문이다.

또한 가르침으로 새겨져서 꼭 기억해 두고 싶다는 생각이 드는 문장은 5부의 27장에 나오는 다음 말이다. 알렉세이가 의자에 비스듬히 앉아 의자를 흔들거리며, 아빠가 새 훈장 받은 것을 좋아하는 아들 세료자에게, "첫째, 제발 의자를 흔들지 마라." 알렉세이 알렉산드로비치가 말했다. "둘째, 중요한 것은 상이 아니라 일이란다. 그리고 난 네가 그것을 이해하기를 바란다. 네가 상을 받기 위해 일하고 공부한다면, 그 일은 네게 괴롭게 느껴질 거다. 하지만 네가 그 일을 좋아하며 한다면, 넌 그 속에서 자신을 위한 상을 발견하게 될 거다." 누군가에게 전해주고 싶은 말이다.

3

3권은 6~8부로 엮어졌다. 역시 안나와 브론스키, 레빈과 키티를 중심으로 살펴본다. 안나와 브론스키는 이혼을 위한 어떠한 조치도 취하지 않았다. 손님이 없었지만 풍족하고 건강하고 아이도 있고 더 이상 바랄 게 없었다. 안나는 독서하고 브론스키는 관심분야를 공부하며 병원 설립에 사로잡혀 있었다. 안나는 브론스키의 사랑이 식으면 어떻게 될까라는 생각에 모르핀으로 잠을 자야 할 정도로 집착해 있다. 아무리 노력해도 딸을 사랑할 수 없었다. 브론스키가 돌아오자 자신이 그를 완전히 지배하게 된 것을 깨달았다. 안나는 브론스키와 떨어져 있을 수 없다며 남편에게 이혼을 요구하는 편지를 썼다.

"가정생활에서 무언가를 실행하기 위해서는 부부간의 완벽한 불화나 애정 어린 화합이 필요하다. 그러나 부부관계가 불명확하거나 이것도 저것도 아닐 경우에는 아무것도 실행할 수 없게 된다."(3권 396쪽) 모스크바에서 지내는 브론스키와 안나 사이에 갈등이 쌓여갔다. 안나는 그의 사랑이 식었다고 생각하기 시작했고, 브론스키는 안나가 자길 괴로운 처지에 몰아넣는다고 분노했다. 그래서 안나는 시골로 가려 했다. 이로 인해 그녀는 브론스키와 또 싸워야 했다. 안나는 죽음으로 모든 걸 해결해야 하나 고민했다. 그것이 브론스키와의 전투에서 승리하는 유일한 방법이라고 보았다.

아침에 브론스키가 나가자 안나는 하인에게 당장 돌아와 달라는 쪽지를 줘서 보냈고, 안나는 돌리네 집에 들렀다가 모욕과 배척을 받았다는 느낌으로 나와 집으로 돌아왔다. 집에 돌아온 안나는 브론스키로부터 전보가 없다고 하자 브론스키와 그의 어머니 집으로 가려고 마차를 타고 기차역으로 갔다. 기차에서 내린 안나는 "쪽지를 늦게 받아 아쉽군, 10시에 갈게."라는 쪽지를 받게 된다. 지나가던 역장이 그녀에게 기차를 탈 것인지 물었다. 안나는 문득 브론스키와 처음 만난 날 기차에 치인 남자가 떠올랐다. 그녀는 자신이 무엇을 해야 할지 깨달았다. 그에게 벌을 주는 모든 사람들에게서, 그녀 자신에게서 벗어나려고 했다. "그녀는 두 번째 객차의 바퀴에서 눈을 떼지 않았다. 그리고 바퀴와 바퀴 사이의 중간 지점이 그녀와 나란히 온 바로 그 순간, 그녀는 빨간 손가방을 내던지고는 어깨 사이에 머리를 푹 숙인 채 객차 밑으로 몸을 던져 두 손으로 바닥을 짚었다. 그러고는 마치 일어날 자세를 취하려는 듯 경쾌한 동작으로 무릎을 땅에 대고 앉았다. 그 순간 그녀는 자기가 한 짓에 몸서리를 쳤다. '내가 어디에 있는 거지? 내가 뭘 하고 있는 거야? 무엇 때문에?' 그녀는 몸을 일으켜 고개를 뒤로 젖히려 했다. 하지만 거대하고 가차 없는 무엇인가가 그녀의 머리를 떠밀고 그녀를 질질 잡아끌고 갔다. '하느님 나의 모든 것을 용서하소서!' 그녀는 어떤 저항도 불가능하다는 것을 느끼며 중얼거렸다."(3권 455~466쪽) 안나는 그렇게…….

한편 레빈과 키티, 레빈은 키티의 분만을 위해 모스크바로 거처를 옮겼다. 모스크바에서 지루한 시간을 보내는 레빈에게 키티는 귀족 제복을 맞춰주고 귀족회장 선거에 가보라고 했다. 레빈은 형 세르게이와 함께 회의에 참석하여 정치토론에 참여했다. 레빈 부부는 모스크바에서 석 달을 지냈다. 키티는 모든 사람들이 호의적이라 즐거웠는데 침착하고 차분했던 레빈이 불안해하고 두려워하는 것 같아 불쌍하게 생각했다. 키티는 브론스키를 만났고, 레빈도 안나를 만났다. 키티는 레빈이 안나를 만난 것에 대해 매우 화를 냈지만 그녀를 피하겠다고 고백하고 키티를 진정시켰다.

키티는 아들을 낳았다. "키티는 살아있고 고통은 끝났다. 그리고 그는 말로 표현할 수 없을 만큼 행복했다. 그는 그것을 이해했고, 그것으로 인해 더할 나위 없이 행복했다. 하지만 아기는? 어디에서 무엇 때문에 왔으며, 도대체 누구란 말인가? 그는 도저히 이해할 수 없었고 그런 생각에 익숙해질 수 없었다."(3권 348쪽)

7부의 13장 첫 문장은 "사람이 익숙해질 수 없는 환경은 없다."(3권 329쪽)고 했는데 레빈은 아버지로서의 환경에 적응할 테고, 내가 갖고 싶은 환경은 7부의 4장에 나오는데 키티의 언니 나탈리와 결혼한 리보프의 모습이다. "긴 프록코트에 허리띠를 매고 스웨이드 구두를 신은 리보프는 안락의자에 앉아 아름다운 손으로 반쯤 재가 된 시가를 조심스럽게 멀찍이 쥐고서 푸른 렌즈가 달린 코안경으로 독서대에 놓인 책을 읽고 있었다."(3권 276쪽)는 것이다.

8부, 이 소설의 특이한 점은 8부다. 3부의 해설에서 톨스토이는 정치적 이유로 8부의 출간을 거부하는 〈루스키 베스니크〉의 편집장과 싸우다 결국 자비로 8부를 출간하였다고 한다. 그리고 "8부를 통해 소설의 구성적, 테마적 완결을 회피하고, 그 대신 등장인물들에게 지속적인 삶을 부여한다. 이 소설의 시간은 삶의 시간을 닮아 있다. 시간은 종결되지 않으며 지속된다. 안나의 죽음은 안나 삶의 종결일 뿐, 시간의 가차 없는 진행을 종결하지 못한다. 톨스토이가 그리고자 했던 것은 어쩌면 기존의 소설이 서술해 온 시작-발전-종결의 사건이 아니라 시간 그 자체였는지도 모른다."

브론스키는 불행을 겪은 후 "무기로서 자기가 쓸모가 있겠죠."라며 의용군으로 출정했다. 레빈은 "이제 나의 삶은, 나의 모든 삶은, 삶의 매 순간은 이전처럼 무의미하지 않을 뿐만 아니라 선의 명백한 의미를 지니고 있어 나에게는 그것을 삶의 매 순간 속에 불어넣을 힘이 있어!"라고 생각한다. 이 독백이 이 소설의 마지막 문장이다. 삶의 매 순간 속에 불어넣어야 할 것은? 그래, ○○이다. 너와 나의 생각이 다를 수도 있겠다.

연진희의 해설을 빌리면, 톨스토이는 삶을 이루는 진정한 요소는 "개인의 경험, 개인들의 사사로운 관계, 색깔, 냄새와 맛, 소리와 움직임, 질투와 사랑과 증오, 열정,

순간적으로 떠오른 혜안, 끊임없이 변하는 순간들, 일상의 나날들"로 파악하였으며, 무수한 등장인물들의 관계망 속에서 자신의 목적, 즉 세계를 움직이는 제1원인을 탐구한 것이다. 이 소설이 위대한 것은 인간의 삶이 가정을 떠나서 일상을 떠나서 존재하는 것이 아니라 바로 가정과 일상에 있다는 것이다. 대한민국 경상도 버전으로 하면 '가족들이 함께 사는 가정에서 지지고 볶는 것' 그것이 우리 삶이고, 결국 행복이라는 것도 그 속에 있다는 것으로 이해한다. 그렇다. 세상을 지탱하는 가장 근원적인 사회는 가정이다.

04 주
2023.
01. 29.

놀이가 문화고, 문화가 놀이다

요한 하위징아, 이종인 옮김, 『호모 루덴스』,
연암서가, 2010.

『호모 루덴스-놀이하는 인간』, 이 책이 내 서가에 꽂힌 것은 2011년. 2010년 3월에 초판 1쇄가 나오고 8월 20일에 초판 3쇄가 나왔다. 사회교육기관에서 내 강의를 들은 손○○ 씨가 그해 내 생일 선물로 주었다. 당시 초판이 나오고 6개월이 안 돼서 3판이 찍힐 정도였으니까 많이 읽힌 책이다. 관심 있는 영역만 펼쳐보기도 하고, 내 생전 처음 카자흐스탄을 방문할 때도 동행했던 책이다. 책 뒤쪽에는 책을 선물해 준 사람의 메모가 아직도 붙어있다. 굳이 떼내야 할 필요도 없지만 떼내고 싶지 않다. 책의 내용은 언론을 통해서 대략 짐작하고 있었다.

이 책은 처음부터 진정한 학술서로서의 격을 갖추고 있다. 차례 앞에 「옮긴이의 말」이 나오는데 저자의 생애, 작품의 배경이 나오고 저자의 「들어가는 말」이 나온다. 그리고 차례에서 1장 '놀이는 문화적 현상이다: 그 본질과 의미' 로 시작하여 12장 '현대문명에서 발견되는 놀이 요소' 로 끝난다. 20페이지에 달하는 주가 나오고, 해설 「호모 사이언스, 호모 파베르, 그리고 호모 루덴스」가 9쪽에 이르고, '찾아보기' 가 18쪽에 이른다. 이와 같이 구성된 이 책은 여러 해 가지고 다니고, 여러 번을 헤집은 셈이지만 원형이 망가지지 않도록 단단히 만든 책이다. 웬만한 책은 내가 이 정도 만졌으면 너덜너덜해졌을 것이다.

「옮긴이의 말」에 의하면 1938년 처음 출판되었고, 국내에선 1981년에 국내에 처음 번역 소개되었다. 이 책의 성격을 "인문학 전 분야에 대한 지적 관심을 높여 주어 더 깊은 지식의 세계로 나아가게 하는 길라잡이 성격의 인문교양서" 로 정의한다. 맞는 말이다. 저자는 1872년생, 네덜란드 흐로닝언 대학 어문학과에 입학했고, 1893년 10월 대학을 졸업하면서 중고등학교 네덜란드 언어, 역사, 지리를 가르칠 수 있는 교사 자격 취득, 1897년 흐로닝언 대학에서 문학박사 학위 취득, 흐로닝언 대학의 역사학 교수가 되었고, 1940년 대학이 나치 독일에 의해 폐쇄될 때까지 근속했다.

1940년 5월 나치가 네덜란드를 침공하자 결사항쟁을 주창했고, 독일군은 늙고 병든 하위징아를 한동안 가택연금 시켰다. 그 후 노학자를 네덜란드 동부의 변방 지역인 데스테흐로 추방하여 격리 조치했다. 그런 열악한 상황에서도 그는 펜을 놓지 않고 계속 글을 썼다. 전쟁이 막바지에 달한 1944~1945년 겨울, 해방군이 다가오던 그 시기에 하위징아는 전쟁의 국면에 처한 다른 민간인들과 똑같이 고통을 겪었으나 학문 연찬을 중단하지 않았다. 그는 조국 네덜란드가 해방되기 몇 주 전인 1945년 2월 1일 숨을 거두었다. 그가 죽음을 맞이하면서 보낸 태도가 책을 무한정 신뢰하게 한다.

「들어가는 말」에서 "인간과 동물에게 동시에 적용되면서 생각하기와 만들어내기처럼 중요한 제3의 기능이 있으니, 곧 놀이하기이다. 그리하여 나는 호모 파베르 바로 옆에, 그리고 호모 사피엔스와 같은 수준으로 호모 루덴스를 인류 지칭 용어의 리스트에 등재시키고자 한다."는 당찬 포부와 함께 이 책을 펴내는 목적은 놀이 개념을 문화 개념과 통합시키려는 것이라 밝힌다. 따라서 이 책에서 사용되는 놀이라는 용어는 생물적 현상이 아니라 문화적 현상으로 이해되어야 한다고 썼다. 이 책의 목적이 분명히 밝혀진 것이다.

이 12장의 논의 중에서 내가 여러 번 읽지 않을 수 없었던 장은 제2장 '언어에서 발견되는 놀이 개념', 제7장 '놀이와 시', 제8장 '신화 창조의 요소들' 이다. 제2장 '언어에서 발견되는 놀이 개념' 은 첫 행이 "놀이는 어떤 단어를 통하여 우리에게 알려진다."로 시작되어서 "'생각해내기(conception)'의 행위는 그 언어들 속에서 거듭 되풀이 된다."(77쪽)고 했다. 여러 언어의 검토를 통해서 "놀이는 그 자체로 독립되어 있는 것이다. 놀이 개념 그 자체는 진지함보다 더 높은 질서 속에 있다. 왜냐하면 진지함은 놀이를 배제하려고 하는 반면, 놀이는 진지함을 잘 포섭하고 있기 때문이다."라고 이 장을 마감한다.

제7장 '놀이와 시'에서는 "시를 창조하는 것은 실상 놀이의 기능이다. 시는 정신의 놀이터에서 벌어지며, 그 놀이터는 정신이 그 자신을 위해 스스로 만들어낸 세계이다. 시 속에서 사물들은 '일상 생활'과는 굉장히 다른 외관을 지니게 되고, 논리와 인과 관계를 훌쩍 벗어나 다른 유대관계로 놓이게 된다. 어떠한 진지한 진술이 오로지 각성 중의 생활 속에서 만들어지는 것이라면, 시는 결코 진지한 진술이 되지 못할 것이다. 시는 진지함을 넘어서는 더 원시적이고 근원적인 단계에 속해 있다. 그것은 어린아이, 동물, 원시인, 예언자 등이 마음대로 넘나드는 꿈, 매혹, 황홀, 웃음의 영역"(232쪽)이라고 피력하고 있다.

그리고 그는 "시를 이해하기 위해 우리는 마법 망토처럼 아이들의 영혼을 입어야 하며, 어른의 지혜를 내던지고 아이들의 지혜를 얻어야 한다. 이러한 시의 원초적인 본성과 순수한 놀이와의 상호적 관계에 대하여 그 누구도 200년 전의 이탈리아 사상가 비코처럼 명확하게 표현하지 못했다. '시의 작법은 꿈과 유사하다' 라고 위대한 정신의 소유자 프랜시스 베이컨이 말했다."고 덧붙이고 있다. 시의 의미와 시를 이해하는 방법, 시의 작법에 대한 근원적인 문제를 짚어 주었다.

그리고 "자체적으로 문화 생성 능력을 가진 시는 놀이로 태어나고 놀이 속에서 태어난다."(236쪽)고 하며 "모든 시는 놀이에서 태어난다. 숭배와 성스러운 놀이, 구애의 축제적 놀이, 경쟁의 호전적인 놀이, 허풍, 조롱, 그리고 비난의 논쟁적인 놀이, 기지와 신속함의 민첩한 놀이 등이 시의 모태가 된다."(248쪽)고 한다. 그리고 시는 존재와 생각을 이어준다며 시는 놀이 정신의 최후 보루라고 정의하고 있다. 이 장의 정리 부분에서 매우 중요한 언급을 하고 있다. 내가 이 책을 읽는 중에 가장 중요한 영역이라고 보았는데 그 내용은 다음과 같다.

시에서 명확한 묘사는 기술적으로 부적격으로 간주되기도 했고, 시인의 언어는 애매모호해야 할 필요가 있다거나 난해한 시를 짓는 것을 특별히 가치 있는 기술로 여겼다는 사실을 밝히고, "일반적으로 접근할 수 없는 영역에서 움직이며 수수께끼 같은 말로 의미를 흐릿하게 하는 것을 선호하는 현대시의 스타일은, 예술의 본질에 충실하게 부응하면서 그것을 옹호하는 것이다. 현대시의 특별한 언어를 이해하는 소수 독자들과 함께 현대 시인들은 굉장히 오래된 계통의 폐쇄적인 문화 모임을 형성하고 있다. 하지만 현대 문명이 시가의 목적을 충분히 인정하며 정말로 중요한 기능을 수행하는 예술로 더욱 활발하게 육성해 줄 것인지는 의문."(260쪽)이라고 한 것은 내가 가장 오래 생각하게 한 단락이다.

제8장 '신화 창조의 요소들' 에서 의인화는 놀이의 한 요소, 마음의 습관이라고 설파하고, 서정시, 서사시, 드라마에서 서정시를 논한 부분을 살펴본다. "서정시는 모든 시의 출발점인 놀이 영역에 가장 가깝게 남아 있다. 서정시는 굉장히 넓은 의미로 이해되어야 한다. 단지 서정시라는 장르만이 아니라 황홀감을 표현하는 모든 심리를 포함해야 한다. 시적 언어의 영역에서 서정적인 표현은 논리로부터 가장 멀리 떨어져 있는 반면 음악과 춤에 근접해 있다. 서정시는 신비로운 명상, 신탁, 마법의 언어이다. 여기서 시인은 외부로부터 영감을 받는다는 느낌을 강하게 경험하며 또한 최고의 지혜에 가장 가까워질 뿐만 아니라 어리석음에도 가장 가까워진다. 이성과 논리의 전면적 포기는 원시 사회에서는 성직자와 신탁 언어의 특성이기도 하다. 또한 굉장히 자주 그 언어는 완전한 횡설수설로 변한다. 프랑스의 평론가 에밀 파게는 '현대 서정시에는 헛소리의 요소가 필요하다.' 라고 말했

다." (273쪽)

이어서 "서정시라는 장르는 지성의 한계 밖으로 움직여야 할 필요가 있다. 서정시적 상상의 기본적 특성은 엄청난 과장을 하는 것이다. 시는 터무니없어야만 한다." "서정시는 음악과의 관계를 잃어버리면 놀이 기능을 상실하게 된다."고 주장한다. 이 장의 마무리는 『향연』에서 인용해 "소크라테스는 진정한 시인은 비극적인 동시에 희극적이어야 하며 인간의 삶 전체는 비극과 희극의 혼합으로 체험되어야 하다고 말했다."로 마감한다.

요한 하위징아의 『호모 루덴스-놀이하는 인간』은 '놀이'라는 것을 분명히 이해하게 한다. 놀이는 놀이가 아니었다. 놀이는 바로 문화의 핵이었다. 인류는 놀이하기 위하여 존재한다. 그런 생각을 굳히게 한다. 시가 놀이라는 개념에서 출발한 시론은 시는 위대하다는 전제를 깔고 전개하는 문학 이론보다 한 단계 위에서 시의 기능과 위상을 점검해 보게 한다는 측면에서 내겐 매우 유익한 책이었다. 시가 시로 머물지 않고 예술로, 문화로 승화하기 위해서는 문화 속에서 시의 위상을 밝혀내야 한다는 것과 인류를 위해 존재하기 위해 어떤 방향으로 나아가야 하는가를 생각하게 해 준다. 위대하다. 책도 위대하고 저자의 생애도 위대하다.

05 주
2023.
02. 05.

짧아도 이리 웃픈데……

이기호, 『웬만해선 아무렇지 않다』, 마음산책, 2016.

'짧음'은 가치 있는 것인가? '짧음'은 그 가치도 짧은 것이 아닌가? 따위로, 짧음이란 말을 참 오래 생각해 왔다. 그래서 짧은 것에 대해서는, 그것이 무엇이든 그냥 지나치지 못한다. 문단에서 어렵고 난삽한 시에 대응하기 위해 주창된 극서정시, 본격 문학의 범주에 넣어 주지 않으려고 하는 SNS시는, 그런 움직임과 관계없이 독자를 확보하고 있다. 따라서 다른 것의 짧음에 대해서는 그렇다고 말할 수는 없지만 말의 짧음은 긴 것보다 나을 수 있다는 나름대로의 견해를 확립하고 있다.

짧은 소설집을 만났다. 이기호의 『웬만해선 아무렇지 않다』, 삶의 고달픔에 웬만큼 내성을 가진 제목이다. 작가의 말에서 "짧은 소설을 묶은 책이니까, 작가의 말도 시조 형식으로 적어보겠다."며 시조 한 편을 썼다. "짧은 글 우습다고 쉽사리 덤볐다가/ 편두통 위장장애 골고루

앓았다네/ 짧았던 사랑일수록 치열하게 다퉜거늘."

우리 문학에서 가장 짧은 문학 형식인 시조로 짧은 소설집 「작가의 말」을 쓴다. 나쁘진 않다. 짧은 시와 짧은 소설이 만나는 건 매력적인 일이기도 하니까. 소설小說은 원래 글자 그대로 작은 이야기였다. 김지하가 소설가이신 박경리 작가에게 "장모님, 소설을 써서 뭐합니까? 대설大說을 쓰셔야죠."라는 농담 같은 말을 하며, 김지하 대설집 『남』을 낸 지도 꽤 많은 세월이 흘렀다. 1994년이다.

1999년 등단, 그간 몇 개의 문학상도 수상하고 광주대 문창과 교수이면서 작가인 이기호가 손바닥 혹은 나뭇잎 한 장만 하다고 해서, 장편掌篇, 혹은 엽편葉篇으로 불리는 10매 정도의 짧은 소설 마흔 편을 3부로 나누어 실은 책을 냈다. 한결같이 웃픈 이야기들이다.

읽어가면서 '그래, 그래' 라고 긍정하기도 하고, 주제도 소재도 시사성이 있다고 생각했다. 알고 보니 신문에 연재했던 것 중에서 뽑아 묶은 것. 그래서 가치가 떨어질 일은 아니고, 이 세상에 이렇게도 웃픈 일들이 많구나 싶다. 마흔 편 중 「도망자」, 함부로 긁어댄 카드값 때문에 아내가 겁나 산속으로 도망을 간 남자, 그가 산속의 침낭 속에서 별을 바라보다가 하는 말 "별은 좋겠다. 카드값 걱정 안 해서……." 어떤가. 참으로 웃픈 일 아닌가.

이 외도 신문 연재의 성격에 맞게 우리 사회가 당면한

문제, 이를테면 청년 실업 문제, 노인 문제, 유산 문제, 육아 문제 등을 다루었다. 웃을 수만도, 울 수만도 없다는 말이 이럴 때 어울릴 것 같다. 이 책의 첫 작품 「벚꽃 흩날리는 이유」는 짧은 소설을 입맛 다시게 하는 제목이기도 하지만 마지막 단락의, "진짜 사랑은 그 사람이 없는 곳에서 이루어지는 법이니까."에 밑줄을 진하게 그었다. 결론은, '맛·있·다.'

06 주
2023. 02. 12.

변신變身보다 변심變心이 더 무섭다

Franz Kafka, 한영란 옮김, 『변신』, 더클래식, 2017.

"어느 날 아침, 그레고르 잠자는 불안한 꿈에서 깨어나서 침대에 누워 있는 그의 모습이 거대한 벌레로 변신해 있는 것을 발견했다."(28쪽)로 시작되는 소설. 갑자기 벌레로 변신한 한 젊은이를 통해 현실의 부조리와 현대인이 느끼는 소외와 불안을 보여준다. 첫 문장부터 충격이다. 이런 충격이 'Kafkaesk(카프카스럽다)' 라는 단어를 만들며, 실존주의 문학의 최고봉으로 끌어올렸나 보다.

Franz Kafka(1883~1924)는 체코 프라하에서 출생, 41세에 결핵으로 죽었다. 1912년에 완성된 『변신』은 1915년 출판되었는데, 이때 그의 나이는 29살이었다. 카프카는 독일계 유대인이자 부유하고 엄격한 가정에서 자라났다. 권위적이고 폭력적인 아버지를 증오하면서 살았으며, 그런 증오심을 「아버지에게 보내는 편지」라는 단편으로 쓰기도 했다. 『변신』은 보험회사와, 노동재난보험기관에서 일하던 시기에 쓴 작품이다.

상점 외판원으로 일하던 그레고르는 어느 날 아침, 자신이 벌레로 변해 있는 것을 발견한다. 가족들과 그를 찾아온 직장의 상사는 그를 보고 크게 놀라고, 그레고르는 방에 갇히는 신세가 된다. 그는 가족들로부터 소외당한다. 가족들이 생계를 위해 하숙을 시작하지만, 하숙인들이 나가 버리고, 가족과 골이 더 깊어진다. 날이 갈수록 자괴감과 불면으로 고통 받던 그는 아버지가 던진 사과에 상처를 입은 채 방에 갇혀 죽고 만다. 가족들은 골칫거리가 없어져 다행스럽다며 평온을 되찾는다는 줄거리다.

이런 줄거리 속에서 소설의 첫 문장만큼이나 충격을 주었던 것은 "더 이상은 안 되겠어요. 혹시 상황 파악이 되지 않는다면 제가 간파하고 있어요. 저는 이 괴물을 오빠라고 부르고 싶지 않아요. 그렇기에 오로지 말하고 싶은 것은 우리가 이것에서 벗어나야만 한다는 거예요. 우리는 이 괴물을 돌보고 참아오면서 인간으로서 가능한 모든 일을 다 했어요. 제가 생각하기에는 어느 누구도 조금이라도 우리를 비난할 수 없어요."(95쪽)라는 동생의 말이다.

나는 이 문장이 아버지가 그레고리에게 던진 사과보다도 더 아팠다. 가족 중에서 가장 사랑했던 여동생으로부터 듣는 이 말, 그래서 나는 변신보다 변심이 더 무섭다는 말을 생각했다. 이것은 오로지 필요, 인간의 이기심 그 밖에는 아무것도 없다는 사실을 말해주는 것이다. 이것이 현대인이 가진 심리라면 인간이 참 끔찍하다. 그렇지만 냉정하게 돌아보면 내게도 이런 악성이 없지는 않을 것이라는 생각이 들어 섬뜩하다.

이 소설은 부조리와 소외라는 관점보다 인간 본성의 문제에 더 가깝지 않을까? 살아가는 사람 그 누구라도 어느 날 벌레로 변하는 삶을 살게 될 수도 있다. 그런 확률은 매우 높다. 아주 가까이에 있다. 장애인이 되는 경우나, 나이 들어서 제 몸 가누지 못한다면 벌레가 되는 것과 무엇이 다르겠는가? 그래서 이 소설은 100년도 전에 다른 나라에서 나온 소설이 아니라, 지금 우리가 겪고 있는, 아니면 겪지 않으면 안 될 이야기를 하고 있는 것이다.

그래서 이 소설은 명작이 되는 것이고 고전이 되는 것이다. 변신이 무서운 것이 아니라 변심이 무섭듯이, 소설이 무서운 것이 아니라 이 소설 속의 삶이 나와 전혀 무관하지 않다는 사실이 무섭다. 그래, 나도 벌레가 되듯이 의식은 있고 몸은 움직일 수 없는 그런 삶을 살게 된다면……. 우리 주변에 많은 요양원이니 요양병원이니 하는 곳들, 아! 정말, 무서운 곳이다. 변신한 사람을 변심한 사람들이 보고 있다니…….

07 주
2023. 02. 19.

감 잡긴 어려웠지만

장 그르니에, 김화영 옮김, 『지중해의 영감』, 이른비, 2021(1판 4쇄).

『지중해의 영감』, 순전히 그 유명세로 구입한 책이다. 책방을 개업한 시인의 개업 인사차 방문해서 몇 권의 책을 사게 되었다. 알베르 카뮈의 스승으로 프랑스의 뛰어난 에세이스트이자 철학자인 장 그르니에가 쓴 책을, 김화영이 번역한 책이니 그냥 지나칠 수 없었다. 그래서 집어든 책이었는데 만만치 않았다. 한 번을 읽고 두 번째를 스쳐 읽었지만 감 잡기가 그리 쉽지 않았다.

이 책은 저자가 북아프리카, 이탈리아, 프로방스, 그리스, 그리고 스페인 등 지중해 연안의 여러 지역, 나라, 도시들과 그 내면화된 인상을 언급하고 있다. 두 번째 읽으면서 유심히 보니 각 부를 나누는 첫 페이지에 인용한 문구들이 내가 본문을 읽을 때 밑줄 친 것과 겹치는 것이 두 개나 있어 아, 이 발췌문이 그 부의 핵심이구나 하는 생각을 굳히게 되었다. 핵심을 찾았다고 해서 책을 다 이해하는 것이 아님을 깨닫는 기회가 된다.

'북아프리카' 에서는 "눈앞에 활짝 열린 공간이 있고, '무엇이나 다 가능한' 이런 저녁에 우리는 어떤 자유 이상으로 모종의 도취 같은 것이 필요하다."(23쪽) '이탈리아' 에서는 "인간은 자신의 '척도' 에 맞는 삶을 찾아야 한다. 그리고 찾았다면 그 삶을 버려야 한다. 자신에게 꼭 맞는 삶이란 없으니 말이다."(69쪽) 우리 삶은 모종의 도취 같은 것이 필요하고, 자신에게 꼭 맞는 삶이 없다는 말은, 불만 많은 삶을 위로하기도 한다.

'프로방스' 에서는 "나는 이 고장에 올 때면 무언가 내 안에 맺혀있던 것이 풀리고 마음속의 불안이 걷힌다는 생각을 했다."(104쪽) '그리스' 에서는 "나는 조각상들의 죽은 듯 표정 없는 눈을, 그 눈에 가득한 그 모든 고독을 생각해본다. 삶에서 멀리 물러나 있는 그 존재들만이 오로지 삶을 판단할 수 있다."(133쪽) '탐구' 에서는 "나는 다양한 모습의 삶이 결코 훼손할 수 없는 저 변질 불가능한 통일성을 향하여 내닫는다."(175쪽)는 말들이다.

내가 밑줄 친 문장은 시와 예술, 욕망에 관한 문장인데 「카지노 바스트라나」에서 "시와 쾌락은 같은 것이다. 아니다. 시는 지속되고 고동치는 쾌락이다. 그러나 자신의 내면적 성향을 확실하게 밝혀내기란 어려운 일이므로 오로지 자신의 쾌락만을 추구하자면 얼마나 많은 희생이 따르는가? 성자와 영웅은 오직 그들 자신의 쾌락만을 사랑할 뿐이다."(32쪽) "화려한 감각 속에 펼쳐놓고 보면 인간의 욕망은 더 이상 덧없는 그림자가 아니라 어떤 빛이 흘러간 자취, 가장 먼 세상의 얼굴들 위로 흘러가 스러지게 될 기쁨의 외침이었다."(33쪽)가 있다. 「베로나에서 세비야까지」에서 "이탈리아에 가려면 아주 행복하거나 아니면 아주 불행해야 한다고, H. B.는 말하곤 했다."(88쪽)〔필명 스탕달, 작자의 본명은 앙리 베일(Henri Beyle)〕 "전설이란 역사보다 좀 더 오래 지속되는 진실이다."(95쪽)라는 말들이 비교적 쉽게 이해되는 말이다.

「들판에 돋은 풀」에서 개신교 목사이자 소설가 노엘 베스페르(1882~1944)는 다음과 같이 쓰고 있다. "삶은 절약을 통해서가 아니라 모험을 통해서 얻어진다. 절약하기보다 창조하기 위해 더 대담해질 필요가 있다. 아니 한 걸음 더 나아가, 모든 것을 헐뜯고 허물어뜨리기보다는 창조하기 위해, 자신의 창조를 굳게 믿기 위해 더욱 대담해질 필요가 있다."(130~131쪽) 이 말이나, 「인간의 모습을 생각하다」에서 "인간이란 오직 삶의 너그러움을 통해서만 승자가 된다."(157쪽)는 말은 기억하고 싶은 문장이다.

단편적 지식을 얻는 것이 아니라 풍경에서 사유의 길로 접어드는 사례를 본 것 같다. 여러 번 읽어도 좋을 책이다. 잘 이해되지 않는 매력으로…….

08 주
2023. 02. 26.

"시를 쓰려거든 여름 바다처럼"

이어령, 『어느 무신론자의 기도』, 문학세계사, 2008.

'시대의 지성' 이라 불리던 이어령 선생님의 일주기가 되는 날이다. 2022년 2월 26일 돌아가셨다. 1934년생으로 88세이시다. 굳이 '돌아가셨다' 란 말을 쓰는 것은 선생님께서 우리말에 죽는 것을 '돌아간다' 라고 하는 것이 얼마나 좋은 말이냐라고 하신 말씀이 떠올랐기 때문이다. 돌아가신 이튿날, 평소 그의 저서를 통해 많은 것을 얻고 내가 이런 저런 글을 쓸 때 도움 받은 책이 많다. 좀 더 사셨으면 좋았을걸 하는 아쉬움이 크다. 작업실에 들어서 선생님과 단 둘이 찍은 사진 앞에서 묵념을 올리고, 서가에서 선생님의 유일한 시집 『어느 무신론자의 기도』를 빼들었다.

이어령 선생님의 저서 중에서 내가 가장 많이 이용한 책은 이어령 편저 『문장백과사전』이다. 딱 한 번 선생님을 뵙고 식사를 같이 하던 자리에서 신문사 논설위원으로 일하면서 선생님의 그 책을 참 많이 이용한다고 하면서 고맙고 미안하기도 하다는 말씀을 드렸다. 그때 선생님은 그렇게 쓰라고 만든 책이니 이용해 주어서 고맙다는 말씀과 함께 편하게 이용하라고 하시던 게 기억난다. 60년 후반 『흙 속에 저 바람 속에』를 월부로 샀던 기억도 새롭고, 선생님의 책을 사서 선물한 적도 여러 번 있었다.

선생님께서 돌아가신 이튿날 빼들었던 책은 시집이다. 「조금은 부끄럽고 조금은 기쁜」이라는 머리말에서 "상상 속에서 떠오르는, 볼 수 없는 초승달 같은 것, 그것을 우리는 시라고 부릅니다."라고 시를 정의했다. 1부 '포도밭에서 일할 때 - 하나님에게' (11편), 2부 '혼자 읽는 자서전 - 나에게' (19편), 3부 '시인의 세계 - 시인에게' (11편), 4부 '눈물이 무지개 된다고 하더니만 - 어머니들에게' (8편), 5부 '내일은 없어도 - 한국인에게' (12편), 모두 61편인데 부마다 '~에게' 라고 대상을 지정한 것이 특이하다. 신과 나, 그리고 어머니, 시인과 한국인이 호명되었다.

이 시집을 애도의 마음으로 읽어서 그런 분위기에 젖을 가능성이 높은 시 읽기가 되겠지만 명색이 나도 시인이라는 생각이 들어 3부에 끌리지 않을 수 없었다. 그 끌림은 나쁘지 않았다. 「시를 쓰려거든 여름 바다처럼」이 있어서다. "시를 쓰려거든 여름 바다처럼 하거라./ 운율은 출렁이는 파도에서 배우고/ 음조의 변화는 저 썰물과 밀물을 닮아야 한다."고 시작되어 여섯 연을 지나 마지막 여덟 번째 연에서 "빛의 파도를 타며 생의 정점에서 비명을 지르는/ 시인이 되거라./ 여름 바다가 되거라."라고 끝난다. 여름 바다가 시 작법이 되었다.

이런 시를 읽고 내 시살이를 돌아보지 않을 수 없었다. 시로 쓴 한 편의 시론이다. 일찍이 이상화 선생의 「시인에게」라는 시 끝 연 "시인아, 너의 영광은/ 미친 개 꼬리라도 밟는 어린애의 짬 없는 그 마음이 되어/ 밤이라도 낮이라도/ 새 세계를 낳으려 손댄 자국이 시가 될 때에 있다./ 촛불로 날아들어 죽어도 아름다운 나비를 보아라."를 처음 읽었을 때의 느낌처럼 가슴이 뛰고 뛴다. 여름 바다처럼 출렁이지 못한 나는 "여름 바다처럼"이라는 경구를 가슴에 새기지 않을 수 없다.

또 한 가지 개인적으로 놀란 사실은 이 시집이 가진 우리말에 대한 관심이다. 작품 「한글 배우기」에서 "별과 달은 ㄹ받침으로/ 깜깜한 허공 위에 떠 있다.// 시방/ 생과 사랑은 외발 자전거를 타는 곡예사처럼/ 동그란 ㅇ자 받침대 위에서 맴돌고/ 폭력과 속력은 위험한 커브길처럼/ 꺾어진 ㄱ자 위에서 질주한다./ 그런데/ 아무리 찾고 찾아도 '나'와 '너'에는 받침대가 없다."는 시는 우리 한글에 관심이 깊은 것이다. 나도 오랫동안 빠져있었고 관심

가졌던 분야였는데 오늘에 이런 작품을 발견하게 된다.

내가 2009년에 『낱말』로 정리한 시집 속에 이런 유사한 발상의 시가 많다. 이 시집은 품사와 문장부호까지 시로 써서 발표한 시집이다. 2006년부터 '낱말'에 관한 시를 발표하기 시작했는데 이 시집이 2008년에 나왔으니까 비슷한 시기가 되겠다. 이 작품 외에도 「쓰레기를 씨레기로」 같은 작품, 「말아 다락 같은 말아」 같은 작품에서도 우리말이 시의 제재가 되었다. 시인이 모국어에 관심과 깊은 애정을 가지는 것은 너무나 당연한 일이다. 나로서는 선생님과 같은 생각을 일순간 했다는 것만으로도 매우 고무되지 않을 수 없다.

애도하기 위해서 읽은 시에서 너무나 중요한 것을 깨달았다. 시인으로서 어떻게 살아야 시인답게 사는 것인지를 다시 배우게 되었다. 물론 그것이 처음으로 듣는 말이 아닐지라도 알고 있으면서 실천하지 못한 점을 반성하지 않을 수 없다. 사람으로서의 일도 많지만 시인으로 살겠다면 그 사람의 일에다 시인의 일을 더 감당할 수 있는 품이 있어야 하는데 아무래도 내 품은 그에 이르지 못하는 것 같다. 선생님은 "시는 후회를 낳고 후회는 시를 낳는다."고 머리말에 썼는데 그 말로 위로받아야겠다. 이어령 선생님의 시를 읽으면서 전체적으로 느끼게 되는 것은, 시인은 시인 자신만을 위해서 사는 존재가 아니라는 점이다.

시와 친하고 싶은 모든 사람들과 시인들이 이 시집을 읽었으면 좋겠다. 이 시집이 시인에게 용기와 희망을 주기 때문이다. 그러면서 또 제대로 된 시인의 역할에 대해서도 잘 말해주고 있다. 시인은 “형용사에 속아서는 안 된다./ 움직임을 수식하는 부사 역시 안 된다./ 그것들은 명사나 동사의 조력자가 아니라/ 몰래 의미를 가로채려는 위험한 모함꾼.”이라고 「시인과 나목」에서 썼다. 또 「여름에 본 것들을 위하여」의 마지막 연은 “도시의 시인들이여, 하품하지 말라./ 그리고 낮잠을 거부하라.”고 끝맺는다. 이런 부탁들이 이 시집을 읽지 않으면 안 될 이유가 된다.

09 주
2023. 03. 05.

인간의 잔혹은 어디까지 갈 수 있는가?

莫言(모옌), 심혜영 옮김, 『붉은 수수밭(紅高粱家族)』, 문학과 지성사, 2019(1판 7쇄).

역사는 인류 사회의 변천과 흥망의 과정이다. '변천'과 '흥망'이라는 말로 표현하지만 대부분의 경우 역사는 '피'로 얼룩져 있다. 적과 동지로, 가해자와 피해자로 양분되어 서로의 피를 요구하며 목숨을 담보로 하여 처절하게 싸우고 싸워온 것이 역사가 된다. 공격과 방어, 침략과 저항은 어느 쪽이든 피를 아껴 될 일은 없다. 그래서 역사라는 말에는 씻기지 않은, 아니 결코 씻지 못하는 피의 흔적이 묻어있을 수밖에 없다.

모옌의 『붉은 수수밭』은 1920년대 중반부터 1940년대 초반까지의 중국 산둥성 가오미 지방을 배경으로 일제의 만행에 대항하는 중국 민초들의 이야기를 담고 있다. 『붉은 수수밭』은 「붉은 수수」에 이어 발표한 「고량주」, 「개의 길」, 「수수장례」, 「기이한 죽음」이라는 네 편을 덧붙여 다섯 편을 엮은 연작 소설이다. '붉은 수수 가족'이라는 제목으로 출간되었는데, 이 책을 원작으로 한 영화 〈붉은 수수밭〉이 국제적으로 유명해지자 저자의 동의를 얻어 『붉은 수수밭』으로 출판되었다.

옮긴이는 화자인 '나'가 '이름 없는 무덤'과 단 몇 줄의 기록만 남겨진 집안의 역사를 복원하여 세상에 전하는 가족사의 형식을 취하고 있다. '나'가 서술하는 동시에 '나'의 할머니, 할아버지, 아버지, 어머니를 주인공 화자로 등장시킴으로써 가족들의 오래된 이야기를 시간을 초월하여 현재로 끌고 와서 생생하게 느낄 수 있도록 하는 전략을 구사하고 있다고 전한다.

이 작품을 쓴 모옌은 1955년 중국 산동성 가오미 지방에서 태어났다. 본명은 관모예지만, 필명을 모옌으로 삼았다. 이 필명에 작가로서의 태도가 담겨있는데 모옌은 글로만 뜻을 표할 뿐, "입으로 말하지 않는다."는 뜻을 갖는다고 한다. 소학교 중퇴, 농사와 면화 가공 공장에서 일하다가 20세에 인민해방군에 입대한 뒤부터 문학을 공부하고 소설을 쓰기 시작했다.

1981년에 등단했고, 1986년 발표한 중편소설 「붉은 수수」가 1987년 전국 중편소설상을 수상하면서 1980년대 문단의 이정표적인 작품이라는 평을 받았고, 30대 초반에 독창적인 문학 세계를 구축한 작가의 반열에 올랐다. 2012년 "보편적인 인간 조건에 대한 신랄하고 설득력 있는, 독창적인 묘사와 파악"을 통해 "지난 100년간 중국 역사의 잔혹성, 야만성과 부조리를 생생하게 폭로했다."는 평을 받으며 노벨문학상을 받았다.

이 작품에 대해 중국 상하이문예출판사는 "작가 모옌 특유의 기발하고 뛰어난 상상력을 한껏 발휘해서 자유롭게 휘갈겨 쓴 장편소설로, 중국 문학 품격 중의 하나인 황당하면서 신비하고, 예측이 불가능한 몽환소설 형식을 최고의 경지로 이끌어 올린 작품이면서 그와 동시에 모옌의 정신세계를 충분히 드러낸 한 편의 철학서"로 평가한다. 하워드 골드블랫(미국 샌프란시스코 주립대학 교수)은 "모옌이 자기 고향 땅에서 모든 작품의 소재를 채굴하고 있지만 중국 당대문학 작가들 중에서 가장 국제적인 작가"라고 평하고 있다.

이 작품은 잔혹사라 해도 부족하지 않을 만큼 치를 떨게 하는 장면도 없지 않다. "할아버지는 단검을 꺼내 일본 놈들의 바지를 하나하나 다 찢고 그들의 생식기를 통째로 잘라낸 뒤 다시 거친 사내 둘을 불러 그 물건들을 일본 놈들 각각의 입에 처넣도록 했다."(「고량주」 231쪽)

"그녀는 바지를 벗었다. 속잠방이도 벗고 윗옷도 벗고 실오라기 하나 걸치지 않고, 바지춤에 쑤셔 넣었던 보따리도 구들 아래로 힘껏 내던져버렸다. 딱딱한 보따리는, 한 젊고 용모가 준수한 일본 병사의 얼굴에 적중했다가 바닥으로 떨어졌다. 젊은 청년은 그 아름다운 두 눈을 멍하니 부릅뜬 채 넋이 나간 듯이 있었다. 작은 할머니는 일본 병사를 향해 미친 듯이 웃어댔다. 눈물이 용솟음쳐 흘러내렸다. 그녀는 구들 위에 누워 큰 소리로 외쳤다. '해라! 네놈들 마음대로 하고! 내 아이는 건드리지 말아라! 내 아이는 건드리지 마!'"(556쪽)라는 장면들은 역사의 냉혹함을 그대로 드러내고 있다.

이 작품이 표방하는 가치나 윤리·심미적 성향 등에 대해서는 신랄한 비판의 목소리가 적지 않았다. 등장인물이 비윤리적이고, 성性에 과도하게 탐닉하며, 폭력을 미화하고, 기이함과 추함을 과도하게 추구한다는 것이다. 이에 대해 옮긴이 심혜영은 이러한 비판들은 도덕주의적 편향을 벗어나지 못한 지적이라고 한다. 이 작품은 "문명적 도덕의 전체주의와 억압성에 대해 던지는 저항과 질문"이라는 것이다.

모든 잔혹함에는 그 이유가 있게 마련이다. 저항이 모진 것은 침략이 모질기 때문이었을 것이고, 복수가 잔혹한 것은 가해가 잔혹했기 때문일 것이다. 이 잔혹함을 읽는 독자들은 실제로 당혹해하지 않을 수 없다. 그러나 그것이 처음 경험하는 것이라서 놀람을 주기도 하는 것이다. 그 놀람은 더욱 잔혹한 일에 적응하게 하고, 경험하지 못한 인간의 야수성을 느끼게 한다. 정말 인간은 어디까지 잔혹해질 수 있을 것인지 두려워하지 않을 수 없다.

그러나 작가가 많은 부분을 할애해서 세심하고 돋보이는 감수성으로 그려낸 것은 역사적 사건보다는 오히려 '인간' 그 자체이다. 모옌이 궁극적으로 탐구하는 '인간'은 '원시적인 생명력이 충만한 인간'이며 과학 기술의 발달과 제도의 제약이 커지면서 '퇴화'되기 이전, '야성'이 충만한 '순종純種'의 인간이다. 『붉은 수수밭』은 그런 순종의 영웅들이 만들어내는 위대한 삶과 격렬한 사랑, 처절한 투쟁과 찬란한 죽음을, 선조들이 보여준 '원시적인 생명력'과 근원들을 열렬히 흠모하고 동경하면서 그린 역사다.

출판사의 서평에서 『붉은 수수밭』의 미학적 성취로 '살아 있는 감각'의 아름다움을 빼놓을 수 없다고 했다. 모옌이 지나간 과거의 삶을 냄새와 색채와 온도와 형상 언어로 담아내 '살아 있는 감각의 세계'로 되살려 낸다는 것이다. 그것은 때론 '광활하게 일렁이는 피바다'와 온 들판을 뒤덮고 있는 '들척지근한 비린내'처럼 강렬하고 역동적인 감각으로, 또 때론 '아버지'가 수수밭을 지나면서 넘나드는 어린 시절에 대한 고요하고 따뜻한 회상의 부드러운 감각으로 우리에게 전하고 있다는 것이다.

스웨덴 한림원은 『붉은 수수밭』이 담고 있는 지난 시절의 풍습에 대한 세세한 묘사는 마치 작가가 "펜 끝으로 인간 삶의 모든 것을 실어 나를 수 있는 것처럼" 느끼게 한다며 경탄했다. 짙은 향토색과 작가 특유의 예리한 감수성, 그리고 거의 본능적이리만큼 거침없이 분출되는 감각적인 언어는 읽는 내내 독자의 심박수를 높인다.

이 참혹한 역사가 민족정신으로 이어지기를 바라면서 이 소설은 끝난다. "너는 너의 세계 속으로 돌아가라. 바이마(白馬)산의 양기와 모수이강의 음기, 그리고 순종의 붉은 수수 한 자루, 너는 온갖 노력을 다해 그것을 찾아야 한다. 너는 그것을 높이 들고, 가시가 무성하고 호랑이와 이리가 마음대로 돌아다니는 세상을 두루 다니며 경험해라. 그때 그것은 너의 호신부가 되고, 또 우리 가족의 영광스러운 토템이 되고 우리 가오미 둥베이 지방의 전통적인 정신의 상징이 될 것이다."(617쪽)

이 소설을 완전히 이해했다고 보기엔 미흡한 구석이 많다. 그러나 무엇인지 몰라도 타오르는 그 무엇이 있고, 거대한 스케일이 느껴지며, 결코 이해할 수 없는 인간의 행동에 많은 의아심을 가지면서 이 소설을 덮는다. 그래서 개운하지는 않다. 다 이해하지 못한 소설에서 정말 이해할 수 없는 인간에 대한 의아심을 갖게 된 것이 소득이라면 소득이다. 인간이 얼마나 잔인할 수 있는가가 궁금하다면…….

10주
2023. 03. 12.

붉은어깨검정새&고자누룩하다

레이먼드 카버, 김연수 옮김, 『대성당』,
문학동네, 2022(2판 27쇄).

Raymond Carver, 헤밍웨이 이후 가장 영향력 있는 소설가, 아메리칸 체호프, 리얼리즘의 대가, 심지어 모든 시대를 통틀어 최고의 단편소설가로 불린다. 무라카미 하루키는 "나의 가장 소중한 문학적 스승이며, 나의 가장 위대한 문학적 동반자였다."고 했다. 카버를 수식하는 이런 말들은 일단 이 소설에 대해 엄청난 기대를 갖게 한다. 실제 책을 만나니 '2판 27쇄' 우리나라에서도 주목받고 있는 작가다. 그래서 작가를 꼼꼼히 살펴볼 필요가 있겠다.

1938년 오리건주에서 태어나 1988년 8월 폐병으로 세상을 떠날 때까지 50년을 살았다. 열아홉 살에 약국 배달원으로 일하며 결혼을 했고 아버지가 되었다. 제재소에서 일할 때 첫 단편소설 「분노의 계절」이 《문예》지 2호(1960년 겨울 호)에 실려 작품 활동을 시작했다. 이후 병원에서 수위로 일하는 등, 창작 활동하기가 녹록지 않은 환경에서 활발한 활동을 했지만 생활은 안정되어 있지 못했다. 아내와는 별거했고, 경제적으로는 두 번이나 파산을 신청했다.

1976년 10월부터 1977년 1월까지 알코올 중독 치료를 받기 위해 네 번이나 입원을 했다. 1977년 6월 2일, 평생 동안 술을 입에 대지 않기로 결심하고 이를 실천하여 인생의 대전환점을 만들었다. 1977년 텍사스주에서 열린 작가회의에서 여성 시인 테스 갤러거를 만났고, 82년 부인과 정식으로 이혼했다. 1987년 테스 갤러거와 유럽 여행을 떠났고, 폐 절제 수술을 받았다. 1988년에 테스와 재혼을 했는데, 그해 아내 곁에서 수면 중 사망하고 말았다.

50에 재혼을 했는데 세상을 떠난 것이다. 그러나 소설가로서의 그는 영광을 누릴 만큼 누렸다. 그의 소설은 전 세계의 단편소설계를 휩쓸었다. 1978년 구겐하임 기금 수상, 1980년 아트 펠로쉽 소설 부문 국립기금 수상, 1983년 미국문학예술아카데미 '밀드러드 엔드 헤럴드 스트로스 리빙 어워드' 수혜자, 작품 『대성당』이 퓰리처상 후보, 뉴욕 공립도서관으로부터 받은 '문학의 사자'라는 칭호, 미국문학예술아카데미 정식회원 등 상금과 명예가 많았다.

『대성당』에는 표제작을 비롯한 열한 편의 작품이 수록되었다. 그 열두 편의 소설이 각각 독립된 작품들이지만, 카버 단편소설의 특징 속에 묶인다. 그것은 소설의 주제와 표현 방법에서 유사한 점들이 많기 때문이다. 소설의 주제는 언제나 우리 삶의 사소한 문제들이었고, 표현 방법에서는 불편할 정도로 독자 참여의 길을 넓혔다. 그래서 조금은 답답하다. 다 말해주지 않으니까. 작자가 무엇을 말하고자 하는가가 궁금한 것이다. 그게 작가의 의도다.

소설의 제목들은 소설 속 대화에서 주로 따왔다. 어쩌면 엉뚱하지 않은가 싶은 생각도 드는데, 소설을 읽고 보면 수긍 가는 묘한 매력이 있다. 첫 번째 소설 「깃털들」은 "공작 깃털 몇 개를 프렌에게 주는 장면을"에서 따왔고, 「별것 아닌 것 같지만, 도움이 되는」은 "이럴 때 뭘 좀 먹는 일은 별것 아닌 것 같지만, 도움이 될 거야."라는 문장에서 따왔다. 다른 작품들 「열」이나 「내가 전화를 거는 곳」, 대표작 「대성당」까지 그렇게 붙여졌다고 볼 수 있다.

카버의 묘사는 지독하게 치밀하다. 예를 들어 「기차」에서 "노인은 담배를 다 피웠다. 그는 담뱃대에 남은 꽁초를 바라보다가 벤치 아래로 떨궜다. 그는 손바닥에 대고 담뱃대를 한 번 두들긴 뒤, 주둥이 부분에 바람을 한

번 불고는 담뱃대를 다시 셔츠 주머니에 넣었다.” 동작을 치밀하게 관찰하고, 동작이 일어난 순서대로 섬세하게 기술했다. 그 광경을 보면서 써야 가능할 것 같다. 소설에서 이런 이미지의 제시가 필요한 까닭은 무엇일까를 생각하게 한다.

단편집 『대성당』의 작품들 중 「칸막이 객실」이 끌렸다. 처음부터 긴장의 끈을 놓지 못하게 진행됐지만 끝까지 궁금증 하나 풀리지 않았는데, 그것이 사람의 일이라는 공감이 생겼기 때문이다. 삶에서 잘못이 저질러지면 그 잘못에 대한 용서는 스스로가 할 수 있어야 진정성 있는 것이 되고, 누가 해 줄 수 있는 것도 아니다. 시계의 분실이 주는 불안한 암시에서 아들을 만날 수 없게 되는구나 하는 예감을 하게 했는데 그게 들어맞아 읽는 맛을 더했다.

『대성당』에 실린 작품에 대한 김연수의 해설은 작가의 생애에 밀착되어 있다. 그래서 ‘자전적’ 이라는 말을 생각하게 된다. 그의 삶에 밀착되어 있어서 평범한 현실의 충실하고 완전한 재현을 목표로 하는 리얼리즘이다. 1983년 영국의 문예지 《그랜타》가 ‘더러운 리얼리즘’ 속에 「칸막이 객실」을 포함시킨 이유를 “실제로 일어난 일을 다루되 실제보다 가혹하게 씌어졌다는 점에서 그럴 것이다.” 라고 해설했다. 삶을 위한 투쟁은 사실 더럽지 않은 것이 없다.

나는 이 책의 첫 작품 「깃털들」에서 공작이나 마코 앵무새를 만난 것에는 별 감흥이 없다. 그렇지만 '붉은어깨검정새'를 만난 것은 예사로운 일이 아니다. 독수리 날개 위에 앉기도 하고 사람을 공격하기도 하는 새라는 점에서 그렇다. 그리고 「신경 써서」라는 작품에서 만난 "어쨌거나 뭔가 하긴 해야지. 일단 이것부터 해보는 거야. 만약 그래도 안 된다면, 다른 방법을 찾아야지. 그게 인생이야. 그렇지 않아?"(163쪽)라는 문장도 기억하고 싶었다.

'더러운 리얼리즘'이 내겐 자꾸 구질구질한 인생같이 번역되어서 참 심란하다. 그렇지만 조금만 '신경 써서' 하면 될 것 같아 고자누룩해진다. '고자누룩하다'라는 이 낱말을 「별것 아닌 것 같은데, 도움이 되는」 소설 속(125쪽)에서 처음 만났다. 그야말로 별것 아닌데 도움이 될 것 같다. 고자누룩해져야 할 삶이 진지해질 것 같다. '붉은어깨검정새'와 '고자누룩하다'라는 말을 만난 기념으로 이 글의 제목으로 삼는다. 그것 참! 맛있다.

11 주
2023.
03. 19.

偃武정신 - 兵法 아닌 生法과 作法

손자, 김원중 옮김, 『손자병법』,
글항아리, 2013(1판 14쇄, 초판 2011).

『손자병법』, 이 책을 낸 출판사가 '세상의 모든 전쟁을 위한 고전' 이라고 소개하고 있지만, 이 문구에서 '전쟁' 이란 말을 '삶' 이란 말로 바꾸어도 될 것 같고, 그렇게 바꾸어야 이 책을 더 깊이 있고 의미 있게 읽어낼 수 있겠다 싶다. 이 책의 '해제' '주 11' 에 국내 『손자병법』 번역본은 2010년 초를 기준으로 약 210건 정도가 검색된다고 썼다. 굳이 김원중 번역본을 찾아 읽는 것은 그의 『사기열전』 번역서를 읽어 그의 문체가 좋았기 때문이다.

김원중 번역본은 매우 친절하다. 책을 펴면 「나를 지키는 지혜의 원천」이란 제목의 서문이 나오고, 차례, 그 다음에 "싸움에 신중하되 싸우면 무조건 이긴다."는 책 전체의 해제가 나온다. 그리고 전문 6200자의 13편이 나온다. 제1편 計로 시작하여, 作戰, 謨攻, 形, 勢, 虛實, 軍

爭, 九變, 行軍, 地形, 九地, 火攻, 제13편 用間으로 마무리된다. 각 편은 편마다 '편'에 대한 해설이 나오고, 번역문이 먼저 나오고 다음에 원문, 해설이 딸린다. 그리고 '전례'를 실어 이해를 돕게 한다. 책 끝에 '참고문헌'과 '찾아보기'가 334쪽부터 349쪽에 실렸다.

오래전에 읽은 적이 있지만 제대로 이해하지 못했던 것, 이번엔 제법 작정하고 덤볐지만 그래도 결코 쉽다고 말할 수는 없다. 제9편 「행군」 편 해설에서 손자는 "용병의 기본 축인 용병, 치병, 지형의 세 측면을 위주로 다루고 있다. 특히 중요한 쟁점은 '문'과 '무'를 효율적으로 결합하여 효과를 내는가 하는 문제다. 말하자면 손자는 문무를 적절히 활용한 지휘관(장수)의 통솔력을 매우 중요한 요소로 삼고 있다."(221쪽)고 썼다. 내 성과 이름자인 문과 무가 나오는 부분이 많은데 유치하게 그런 부분에 더욱 집중하게 되었다.

읽어가다가 '병법'이 아니라, 생법生法이나 글쓰기의 작법作法으로 활용할 수 있겠다 싶은 몇 구절을 만나 책을 읽은 보람을 느꼈다. 그 첫째가 「勢」 편의 5절에 나타난 "方則止 圓則行(모나면 멈추고 둥글면 굴러간다)"이다. 생법으로 삼을 만하지 않은가. 또 이 절의 해설에서 '擇'를 해석하면서 인용한 『사기』 「이사열전」의 '河海不擇細流'(큰 강과 바다는 작은 물줄기 하나도 버리지 않는다.)는 말은 꼭 기억해서 활용할 만하다.

「허실」 편의 제6절 "人皆知我所以勝之形, 以莫之吾所以制勝之形, 故其戰勝不復, 而應形於無窮"(전쟁에 한 번 승리한 방법을 되풀이하지 말고 끊임없이 변화시켜 형세에 대응해야 한다.)은 글쓰기 작법으로 염두에 두어도 좋겠다. 이런 생각을 더욱 다지게 하는 말이 9편 「행군」 5절의 '병비익다兵非益多' 란 용어인데, 소수의 병력으로 적을 이길 수 있다는 이 말은 단순히 병사의 수가 많다고 해서 승리하는 것이 아니라는 의미에 더 가깝다. 번역자는 이 절의 제목을 '병력의 숫자만 믿지 말라' 로 번역했는데, 이 말이 내게는 '네가 쓴 작품의 숫자만 믿지 말라' 로 들려 뜨끔했다.

그러나 『손자병법』 이번 읽기에서 제3편 「모공」 제1절의 "싸우지 말고 이겨라."의 "百戰百勝, 非善之善者也; 不戰而屈人之兵, 善之善者也"(백 번 싸워 백 번 이기는 것이 잘된 것 중에 잘된 용병이 아니며, 싸우지 않고 적의 군대를 굴복시키는 용병이 잘된 것 중의 잘된 용병이다.)를 깊이 새겼다. 해설에서 이것이 주나라 문왕과 무왕의 '偃武정신' 이라고 설명한다. '언무정신' 이 말이야말로 병법에 그치는 것이 아니라 작법이 되고, 작법에 그치는 것이 아니라 생법으로 뻗을 말이다. 언무, 언무, 언무.

12주
2023.
03. 26.

재미없어도 두 번이나 읽은 책

Ernest Hemingway, 장왕록 옮김, 『오후의 죽음』,
책미래, 2013.

『오후의 죽음』이란 헤밍웨이의 소설은 무슨 이유로 구입하여, 읽고 서가에 꽂아두었는지 생각이 나지 않는다. 서가를 정리하다가 나온 이 책을 그게 궁금해서 다시 읽겠다고 펼쳤다. 중간 중간 밑줄 그은 곳이 있기도 하고, 퇴고가 제대로 되지 않아서 오자가 많았는데 그걸 체크한 것도 있는 걸 보면 끝까지 읽은 게 분명한 책이다. 그런데 어떻게 이렇게도 기억이 나지 않을까? 발행 연도를 보니까 꼭 10년 전에 나온 책인데…….

다시 읽었음에도 불구하고 모르겠다. 머리에 남는 게 없다. 스페인 투우 이야기이고 투우사들의 활약에 대해 쓴 것인데, 투우와 관련된 용어도 이해하기 어렵고, 또 투우사들의 이름도 분간하기 어렵다. 투우를 본 적이 없어서 그런지 전혀 이해되지 않는다. 이해되지 않으니까 감동이니 뭐니 하는 것이 따를 리도 만무하고, 그래도 두 번째 끝까지 읽었다. 이 책은 재미없어도 두 번 읽게 하는 책이란 의미가 있을 뿐이다. 책을 덮고, 이 책을 번역한 장왕록 교수, 그 따님 장영희 교수가 떠오르기도 했는데 출판사가 책을 만들며 교정을 제대로 보지 않아 오자가 많았다. 그게 더 짜증나는 일이었지만 그런 걸 견디며 두 번씩이나 읽은 내가 대견하다. 이해되지 않아서 다음 페이지에서는 이해될까 될까 하면서 읽은 것이 마지막 페이지를 만났을 뿐이다. 이 소설이 나온 것은 1932년이지만 1920년대 스페인 투우를 다루고 있으니 그럴 만도 하다 싶다.

투우와 글쓰기를 다룬 책이라 투우를 글쓰기 관점에서 다룬 것인가 아니면 글쓰기를 투우 관점에서 다룬 것인가 하는 것 때문에 이 책을 샀을 것 같다. 작가는 예술과 글쓰기와 관련해서도, "글을 너무 분명하게 쓰면 거짓말을 할 때 누구나 그것을 알아볼 수가 있다."(75쪽)는 정도의 견해가 피력되었고, 예술에서는 "어느 예술에 있어서나 마찬가지지만, 그 예술의 맛은 그에 대한 지식이 증가함에 따라 증가한다."(21쪽)는 하나 마나 한 이야기를 썼다.

작가가 "삶과 죽음을, 이를테면 격렬한 죽음을 볼 수 있는 유일한 장소는 전쟁이 끝난 오늘에 와서는 투우장뿐이다. 그래서 나는 투우를 연구할 수 있는 스페인에 몹시 가고 싶었다."고 한 것을 보면 헤밍웨이에게 이 책은 한 권의 소설 이상의 의미를 갖는다고 볼 수 있다. 죽음에 관한 그의 관심이라고 보지 않을 수 없기 때문이다. 마지막 단락에 "이것은 한 권의 책이 되기에는 충분하지 못하다."는 반성을 쓰고 있는데 그게 작가의 양심이라는 생각이 들었다.

역자 후기에 "이 책은 투우에 관한 전문적인 관찰이며 동시에 철학적인 에세이다. 죽음의 경계선을 넘나드는 링 안의 온갖 희비극과 거기서 파생되는 가지가지 에피소드를 담담하고 흥미있게 그렸다."고 했는데, 내용에 대해서는 동의하지만 '흥미있게 그렸다'는 평가에는 동의하기가 어렵다. 다만 제목이 왜 '오후의 죽음'이었을까라는 생각을 하게 했다. 그건 투우 경기가 오후에 이루어졌고, 투우 경기에서 소가 죽어야 하니까 그랬으리라 생각되는데, 제목이 끄는 상징과 매력만은 무시할 수 없겠다.

헤밍웨이가 『노인과 바다』에서 "사람은 파괴될 수는 있어도 패배될 수는 없다."고 한 말이 역자 후기에 나와 있고, "도덕에 관하여 내가 알고 있는 것이라고는 도덕적인 것은 사후事後에 기분이 좋은 것이고, 비도덕적인 것은 사후에 기분이 나쁜 것이며, 이러한 도덕적인 기준에서 보면 투우는 나에게는 매우 도덕적인 것이라고 생각한다."(13쪽)는 말이 기억에 남는다는 말을 기록해 두고 싶다.

13주
2023.
04. 02.

세상에 없는 세상을

아쿠다가와 류노스케, 서은혜 옮김, 『라쇼몬』,
민음사, 2022(1판 18쇄).

민음사 세계문학전집 326으로 발간된 『라쇼몬』은 아쿠다가와 류노스케(1892~1927) 단편선이다. 표제작과 함께 열네 편이 실렸다. 아쿠다가와 류노스케, 나에게 그의 이름은 그의 소설을 읽는 것보다 그 이름을 단 아쿠다가와 문학상이 먼저였다. 일본의 권위 있는 문학상으로 알려져 있는 이 상은 일본 문학의 뿌리를 다지는 상이다. 아쿠다가와 류노스케의 생애가 지극히 일본적이었다고 보는데 그의 이름을 딴 상은 일본 문학의 주류를 형성할 것 같다.

그의 생은 어머니의 정신 이상으로 일본에서만 가능할 것 같은 복잡 미묘한 가정에서 시작한다. 외숙부의 양자가 되고 이모가 계모가 된다. 도쿄대학 영문과 재학 중에 나쓰메 소세키의 문하로 들어가 문학 공부를 했다. 자의식에 끌려 다니다가 결국은 '자아'를 잃어버리고 체념에 빠지는 큰스님을 통해 현대인의 희비극을 그려낸 ① 「코」라는 작품으로 소세키의 호평을 받으며 문단에 이름을 날리기 시작하면서 왕성한 작품 활동을 펼쳤다.

그의 작품은 대부분 단편으로 영미 문학의 영향을 받아 논리적이고 정리된 관계 및 뚜렷한 필치가 특징이다. 역사물, 종교 자연주의, 판타지, 사소설[3]에 이르기까지 형식과 주제를 자유롭게 넘나들었다. 불면증, 분열증, 관계망상 등의 증세가 악화되고, 아내의 친구와 동반 자살을 계획했으나 미수에 그쳤고, 35세에 자택에서 다량의 수면제를 복용하고 자살로 생을 마감한다. 그러나 그는 일본 근대문학의 아버지로, 뛰어난 신예 작가에게 주어지는 아쿠다가와 문학상을 통해 오늘날까지 일본 문학사에 명예로운 이름으로 살아있다.

『라쇼몬』의 단편들, ② 오위와 도시히토를 중심으로 한 주변 인물들의 대립 의식을 다룬 「마죽」, ③ 헤이안 시대의 어두운 밤거리에 횡행하는 괴담을 소재로 한 「라쇼몬」, ④ 정신 착란과 신경 쇠약에 대한 공포를 다룬 「묘한 이야기」, ⑤ 새로운 개화 문물에 대한 사람들의 당

3) 자신의 경험을 허구화하지 않고 그대로 써나가는 소설로 일본 특유의 소설 형식이며, 이 개념이 정착된 것은 1920년경이다. 그 무렵에는 사소설만이 예술이며 그 밖의 것은 통속소설이라는 주장까지 나올 정도였다.

혹을 다룬 「다네코의 우울」, ⑥ 아기를 잃은 엄마의 아픔을 다룬 「엄마」, ⑦ 인간 심리가 빚어낸 현실 속 비현실을 다룬 「꿈」, ⑧ 심한 고생 속에 죽어 간 농촌 아낙의 일생을 사실주의 수법으로 묘사한 「흙 한 덩이」, ⑨ 호화로운 귀족 저택 뒤편에서 벌어진 참극을 다룬 「지옥변」, ⑩ 주인공 간다타의 인간적 고독과 구원의 가능성을 강조한 첫 동화 「거미줄」, ⑪ 인간에게 질린 두자춘이 신선이 되고자 했으나 지옥에서 말이 되어 채찍을 맞고 있는 어머니의 사랑 앞에서 이를 단념하고 인간이라는 사실에 머물기로 한 채, 인간다운 정직한 삶을 맹세하는 「두자춘」, ⑫ 일본 초기 기독교와 고대 신앙이 충돌하는 순간을 그린 「신들의 미소」, ⑬ 사람이 죽고 다음 생으로 가기 전까지 사십구 일간을 가리키는 '중유'의 미학을 그린 「덤불속」, ⑭ 자신이 처해 있는 궁지를 갓파에 빗대어 쏟아낸 느낌이 강한 「갓파」다.

나는 이 중에서 동화 「두자춘」에 마음이 끌렸다. 순전히 "두자춘은 노인이 타일렀던 것도 잊어버리고 엎어질 듯 그 곁으로 달려가더니 두 손으로 빈사 상태인 말의 목을 끌어안고 눈물을 뚝뚝 흘리며 '어머니' 하고 부르짖었습니다."(187쪽)라는 문장 때문인데, 이 책을 읽는 중에 할아버지와 가족이 모두 범죄자였다고 하는 손자(야물 중독)의 고발이 회자되는 때라서 그런지도 모르겠다. 이 문장과 약물 중독자의 말이 자꾸 오버랩되는 것이었다.

아쿠다가와 류노스케, 일본 근대 문학을 견인하며 독보적이고 독창적인 작품 세계를 펼친 것으로 평가되는데, 나는 세상에 없는 세상을 꿈꾸는 자의 작품으로 읽었다. 그는 「신들의 미소」에서 "우리의 힘은 파괴하는 힘이 아니올시다. 바꾸어 놓는 힘이지요."(202쪽)라는 문장을 썼는데 그는 그런 신이 되고 싶었던 사람이었고, "뿌리째 뽑은 듯한 '비쭈기나무'를 유유히 들어 올리고 있는 것도 보였다."(194쪽) 「지옥변」에서 "추한 것의 아름다움"(128쪽)이라는 말에 놀란다. 추한 것의 아름다움을 보아내는 능력, 그것은 사유의 지평을 넓히고, 누구에게나 힘을 주는 데 모자람이 없을 것 같기 때문이다. 이 책을 권할 수 있는 근거다.

14주
2023.
04. 09.

士氣를 북돋우는 史記 列傳

사마천, 김원중 옮김, 『사기열전』,
민음사, 2020(개정 2판 2쇄).

중국 정사의 효시, 동양 역사학의 전범典範이라 불리는 사마천의 『사기열전』은 책 이름만 들어도 정신이 서늘해진다. 어릴 때부터 너무나 많이 들었던 책이었지만 정작 처음 만난 것은 1973년, 내가 군복무를 할 때다. 당시 삼성문화재단 이병철 이사장이 삼성문화문고를 발간했다. 삼성문화문고 36으로 『사기열전』이 홍석보洪錫寶 역으로 나왔는데 그걸 구입한 것이다. 문고본이라 사기 70권 중 13권까지만 번역된 것이었다.

이 책을 지금까지 보관하고 있어서 살펴보니 밑줄 그은 곳도 있고 낙서도 있는 걸 보면 읽긴 읽었나 보다. 이 책에서 읽은 기억 때문인지, 다른 책에서 워낙 많이 인용되어서인지 『사기열전』은 읽지 않아도 읽은 듯한 느낌을 주는 책이다. 그로부터 반세기가 가까운 무렵에 작정하고 『사기열전』을 만나기로 했다. 2020년 개정판이 나왔다는 소식을 접하고 제대로 읽어보기로 한 것이다.

『사기열전』을 읽는 방법은 내 식으로 '반려도서' 독서법이다. 침대 곁에 두고 아침에 눈뜨자마자 조금씩 읽는 것이다. 이 책의 경우 대체로 1권씩 읽었다. 이 책은 후다닥 읽어버릴 그런 책이 아니다. 사마천의 생애를 생각하면 그야말로 곱씹어야 할 글이다. 역자의 노력 또한 대단한 것이라 감히 함부로 대할 그런 책이 아닌 것이다. 그런 측면도 있지만, 여러 사람의 전기를 차례로 벌여서 기록한 책의 성격상 내용이 혼돈될 수도 있기 때문이었다.

먼저 이 책의 저자인 사마천과 『사기』를 쓰게 된 이유를 살펴보자. 사마천은 기원전 145년(?)~90년(?)을 살았다. 아버지 사마담司馬談은 한 무제 때 태사령太史令이었는데 세상을 떠나기 전 사마천에게 역사서를 집필하라는 유언을 남겼다. 사마천은 아버지의 뒤를 이어 태사령이 되어 무제를 시중했으며, 아버지의 유지를 받들고자 국가의 장서가 있는 석실금궤에서 수많은 자료를 정리하고 수집했다.

기원전 99년 군대를 이끌고 흉노와 싸우던 이릉李陵이 흉노에게 투항하자 사마천은 홀로 이릉을 변호하다가 무제의 노여움을 샀다. 옥에 갇힌 그에게 세 가지 형벌 중에 하나를 고를 권리가 주어졌다. 첫째 법에 따라 주살될 것, 둘째 돈 50만 전을 내고 죽음을 면할 것, 셋째 궁형을 감수할 것이었다. 사마천은 두 번째 방법을 취하고 싶었으나 그런 거액을 지불할 능력이 없었고 결국 마지막 것을 선택하게 되었다.

『사기』는 이렇게 사마천이 이릉을 변호하다가 한 무제의 역린을 건드린 죄로 궁형을 당한 뒤 그 치욕을 견디고 쓴 저작이다. 사마천 스스로 세상에 던진 질문과 답변을 씨줄과 날줄로 치밀하게 짠 것이다. 『사기』는 12본기本紀, 10표表, 8서書, 30세가世家, 70열전 도합 130권으로 구성되어 있다. 본기는 태고로부터 한 무제에 이르기까지 2500여 년 왕자의 흥망성쇠를 기술한 역사로 이 책의 근간을 이루고 있다. 표는 연대표, 서는 문화사 내지 제도사, 세가는 선진시대의 제후 및 한 대 제후들의 역사지만 제후가 아닌 공자와 왕이라 칭한 지 6개월 만에 망한 진섭陳涉을 싣고 있다.

『사기』 중에서 백미인 열전은 52만 6500자가 되는 방대한 분량에서 절반 이상을 차지한다. 열전을 관통하는 주제는 인간과 권력이며, 인간학의 고전이라 불러도 좋을 만큼 인간사를 두루 다루고 있다. 열전 70편 중 첫 장 「백이 열전」은 800자 정도의 분량인데 조선시대 김득신은 이 열전을 무려 1억 2만 8000번이나 읽었다고 전해진다. 그렇게나 많이 읽은 이유는 사마천이 던지고자 하는 메시지가 예사롭지 않기 때문이었을 것이다.

이 역저를 번역한 김원중은 성균관대 중문과에서 박사학위를 받고 여러 대학을 거쳐 단국대 한문교육과 교수로 있다. 이 책을 2007년 9월에 초판하고 2020년 11월 개정 2판 2쇄를 내기까지만 해도 13년이다. 그 기간 동안 계속 수정하고 보완하면서 작업해 왔다. 이 책에 이렇게 노력하는 사람이 없었다면 우리 국민들이 읽을 길이 없었을 것이다. 역자 김원중의 한 생애에 이 『사기』의 강이 흐르고 있는 것으로 보인다.

열전 70권의 내용 정리로 제일 마지막 권인 '태사공자서' 에 『사기』 전편을 지은 뜻을 밝히고 있는데, 이것은 전체의 머리말에 속하는 것이다. 「70 열전을 지은 뜻」도 세세히 기록하고 있다. 『사기열전』 1, 2를 읽으며, 되새겨 읽어야 할 말을 옮겨본다. 옮겨보고 싶은 말이 많았으나 잘 몰랐던 것을 중심으로 옮긴다.

제일 먼저 「백이 열전」의 시를 외면할 수 없다. "저 서산西山에 올라/ 고사리를 캤네./ 폭력으로 폭력을 바꾸었건만/ 그 잘못을 모르는구나./ 신농神農, 우, 하나라 때는 홀연히 사라졌으니/ 우리는 앞으로 어디로 돌아가야 하나?/ 아아! (이제는) 죽음뿐./ 운명도 다했구나! /마침내 수양산에서 굶어 죽었다."(77쪽)

「관·안 열전管晏列傳」에서 관중 "창고에 물자가 풍부해야 예절을 알며, 먹고 입는 것이 풍족해야 명예와 치욕을 알게 된다. 임금이 법도를 실천하면 육친六親(부, 모, 형, 동생, 아내, 자식)이 굳게 결속하고, 사유四維(나라를 다스리는 네 가지 강령, 즉 禮, 義, 廉, 恥)가 펼쳐지지 못하면 나라는 멸망한다. 수원水源에서 물이 흘러가듯이 명령을 내리면 그 명령은 민심에 순응하게 된다." (87쪽)

「노자·한비 열전老子韓非列傳」에서 한비 "안다는 것이 어려운 것이 아니라 아는 것을 어떻게 쓰느냐가 어렵다." (106쪽) 공자 "많이 듣되 의심나는 것을 버리고 그 나머지를 신중하게 말한다면 실수가 적을 것이다. 많이 보되 의심나는 것을 버리고 그 나머지를 신중히 실행한다면 뉘우치는 일이 적을 것이다. 말에 실수가 적고 행동에 뉘우침이 적으면 녹은 그 가운데 있다."(189쪽) "번수가 인仁이란 어떤 것인가를 묻자 공자는 이렇게 말했다. '사람을 사랑하는 것이다' 또 지혜로움이 어떤 것인가를 묻자 공자는 말했다. '사람을 아는 것이다' "(200쪽)

「춘신군 열전春申君列傳」에서 "『시』에 시작이 없는 것은 없으나 끝이 좋기란 드문 일이다."라고 했고, "『역』에서는 '여우가 물을 건너가려면 그 꼬리를 적시게 마련이다.' 라고 했습니다. 이 말은 시작은 쉽지만 끝맺음은 어렵다는 것을 뜻합니다." (443쪽)

「범저·채택 열전范雎蔡澤列傳」에서 "『시』에도 '나무 열

매가 너무 많으면 그 가지를 부러뜨리고, 그 가지를 부러뜨리면 나무 기둥을 해친다.' 라고 했습니다. 수도가 지나치게 크면 그 나라를 위태롭게 하고, 신하를 높이면 그 군주를 하찮게 합니다."(474쪽)

이어 2권, 「계포·난포 열전季布欒布列傳」에서 난포 "힘들 때 치욕을 참지 못하면 사람 구실을 할 수 없고, 부귀할 때 뜻대로 하지 못하면 현명하다고 할 수 없다."(122쪽)

「평진후·주보 열전平津候主父列傳」에서 "천하에는 변하지 않는 도가 다섯 가지 있고, 이것을 실행하는 방법이 세 가지 있다고 합니다. 군신, 부자, 형제, 부부, 장유의 순서 이 다섯 가지는 천하의 변하지 않는 도입니다. 그리고 지智 인仁 용勇 이 세 가지는 천하에 변하지 않는 덕으로 그것을 실행하게 하는 방법입니다."(406쪽) "이제까지 곧은 기둥을 세워서 굽은 그림자를 얻은 자는 없다."(424쪽)

「순리 열전循吏列傳」 태사공 "법령이란 백성을 선도하기 위해 있는 것이며, 형벌이란 간악한 짓을 금지하기 위해 있는 것이다. 문文, 법령과 무武, 형벌가 갖추어져 있지 않을 때 선량한 백성이 두려워하며 품행을 단정히 하는 것은 관리가 법을 혼란스럽게 집행한 적이 없기 때문이다. 직분을 다하고 법을 지키면 바르게 다스릴 수 있는데 어찌 위엄이 꼭 필요하겠는가?"(563쪽)

「유림 열전儒林列傳」에서 천자가 치란治亂에 대해 묻자, 신공은 당시 여든이 넘은 노인이었으나 이렇게 대답했다. "나라를 다스리는 것은 말을 많이 하는 데 있는 게 아니고 어떻게 힘써 행하느냐에 달려 있습니다."(599쪽)

「혹리 열전酷吏列傳」에서 "당시 관리들은 불을 그대로 둔 채 끓는 물만 식히려는 것처럼 조급하게 했다."(611쪽) "'無爲而治' 아무것도 하지 않아도 자연스럽게 다스려지는 정치를 지향하여 모든 법령을 간편하게 만든다는 뜻." (612쪽)

「일자 열전日者列傳」에서 장자가 말하기를 "군자는 안으로는 굶주리고 추위에 떨 염려가 없고 밖으로는 겁탈당할 걱정이 없으며, 윗자리에 있으면 존경을 받고 아랫자리에 있으면 사람들을 해치지 않으니 이것이 군자의 도이다."(740쪽)

「화식 열전貨殖列傳」 태사공 "세상을 가장 잘 다스리는 방법은 자연스러움을 따르는 것이고, 그 다음은 이익을 이용하여 이끄는 것이며, 그 다음은 가르쳐 깨우치는 것이고, 또 그 다음은 백성을 가지런히 바로잡는 것이고, 가장 못하는 것은 재산을 가지고 백성과 다투는 것이다." (799~800쪽)

「태사공 자서太史公自序」 "대체로 사람이 살아있다는 것은 정신이 있다는 것이며 기탁하는 것은 육체이거늘, 정신을 너무 쓰게 되면 고갈되고, 육체를 너무 수고롭게 하면 피폐해진다. 육체와 정신이 분리되면 죽게 된다. 죽은 자를 다시 살려낼 수 없고 떨어진 것을 다시 돌이킬 수 없으니, 성인은 이 두 가지를 모두 중시했다. 이로 말미암아 보건데 정신이란 삶의 근본이며 육체는 삶의 도구이다. 먼저 그 정신과 육체를 안정시키지 않고 '나만이 천하를 다스릴 수 있다' 라고 말하니 무엇에 근거한 것인가?" (835쪽)

이 책을 너무 늦게 읽었다는 자책을 하지 않을 수 없다. 바른 사람살이의 여러 모습과 관계의 정리에서 정도가 무엇인 것을 진즉에 알았다면 내 삶이 달라질 수도 있었겠다 싶기 때문이다. 그러나 후회할 때는 이미 늦은 것, 이제라도 읽은 것을 다행으로 여기는 것이 옳다. 태사공이 자서에서 쓴 마지막 인용문 '정신과 육체' 를 안정시키는 일이 급하다는 느낌이다. 『사기史記』는 그래서 그야말로 사기士氣를 북돋울 수 있는 책이다.

15 주
2023.
04. 16.

대부분의 사람은 모두 멋지다

Harper Lee, 김욱동 옮김, 『앵무새 죽이기』,
열린책들, 2021.

『앵무새 죽이기』는 참 널리 알려진 소설이다. 그리고 그 평판은 찬란하다. 미국 문학 가운데 독자들로부터 가장 사랑받고 있는 작품으로, 출판되자마자 100주에 걸쳐 베스트셀러 자리를 지켰고, 출판된 지 2년 만에 무려 5백만 권 이상이나 팔렸으며, 무려 40여 개 넘는 언어로 번역되었다. 지구촌의 여러 기관, 언론사들에서 우수 도서로 선정됐고, 1961년에는 소설 부문 퓰리처상을 비롯하여 여러 상을 받았고, 영화와 연극으로 각색되어 무대에 오르기도 했다. 한 권의 소설이 누릴 수 있는 영광을 다 누렸다.

『앵무새 죽이기』는 1960년에 처음 출간되었지만, 그 시대적 배경은 미국이 경제 대공황을 겪던 1930년대 중엽이다. 이 시기 주인공 스카웃(진 루이즈 핀치)이 초등학교를 입학하기 직전부터 초등학교 2학년까지 3년 동안 벌어지는 사건을 다룬 반자전적 소설로 작가가 나고 자란 미국 남부 중에서도 경제적으로 낙후된 지역 앨라바마주가 그 공간적 배경이 되고 있다. 작가 연보를 살피면 33세인 1959년에 이 소설이 완성되었다. 그러니까 어린 아이의 시선으로 보았지만 그 경험은 성인의 인지로 해석된 것이다.

작가 하퍼 리는 1926년생으로 그녀의 아버지는 1915년부터 먼로빌에서 변호사, 잡지 편집자, 주 의회 의원 등을 역임했다. 30세에 항공사에 근무하다가 친구들의 재정적 도움으로 항공사 일을 그만두고 작품 창작에 전념하기 시작했다. 34세에 『앵무새 죽이기』를 완성했고, 40세에 국립 예술원 회원이 되었으며, 73세 되던 해에 미국 라이브러리 저널이 『앵무새 죽이기』를 20세기 최고의 소설로 선정했다. 89세에 두 번째 장편소설 『파수꾼』을 출간하고 2016년 89세로 고향에서 일생을 마쳤다.

이 소설은 평화로운 마을 메이콤에 사는 정직한 변호사 애티커스 핀치 가족과 자신의 집에서 나오지 않는 부래들리가 나온다. 애티커스 핀치의 아들과 딸인 젬과 스카웃은 어머니 없이 자라면서 아주 다정한 개구쟁이들로 자란다. 소설의 후반에 동심에 관한 이야기가 나오는데 "아직 저 애의 양심은 세상 물정에 물들지 않았어. 하지만 조금만 나이를 더 먹어 봐. 그러면 저 앤 구역질을 느끼지도 않고 울지도 않을 거야."(372쪽)라는 문장을 읽으면 모두 스스로의 어린 시절을 생각하게 될 것이다.

젊은 백인 여성 메이엘라 유얼을 성폭행했다는 누명을 쓴 흑인 톰 로빈슨을 백인 변호사 애티커스 핀치가 변호를 맡으며 백인들로부터 수모를 당하고 아이들도 어려움을 겪는다. 그렇지만 핀치 변호사는 해박한 법률 지식으로 톰을 법정에서 열정적으로 변호한다. 억울한 누명을 썼다는 것을 변호했지만 오직 흑인이라는 이유로 배심원들은 유죄 판결을 내리고 만다. 억울한 누명을 쓴 톰 로빈슨은 재판 후 탈옥을 감행하다 사살당하고, 톰의 변호사를 협박하던 밥 유얼은 변호사의 아들 젬과, 스카웃을 해치려다 부 래들리에 의해 죽게 된다. 아이들은 다치긴 했지만 목숨을 건진다는 것이 거친 줄거리다.

그리 대단한 이야기가 아닐 것 같지만 이 소설이 세계적으로 각광을 받는 이유가 있다. 번역자 김욱동은 그 이유로 작가의 직접 체험과 그가 주위에서 목격한 사건이 담겨 있다는 사실을 제일 먼저 들었다. 그다음 단순히 흥미를 주는 데 그치지 않고 독자들에게 큰 영향을 끼쳐왔다는 점을 들었다. 이 책이 성경 다음으로 독자들의 마음을 바꿔 놓는 데 이바지한 책(미국 국회 도서관의 조사 결과)이기 때문이라고 본다. 그 외 해설에서 이 책의 주제를 '정의 그리고 심판과 관련된 문제를 다루며, 구체성과 보편성,

특수성과 일반성 사이에서 절묘한 균형과 조화를 꾀하는 데 성공하고 있으며 남에 대한 배려와 관용 그리고 사랑을 배워가며 성장하는 내용을 담고 있기 때문' 이라는 해설을 싣고 있다.

여기에 이론을 제기할 것은 없다. 그런데 정의롭고, 아름답기도 한 이 소설의 제목이 왜 '앵무새 죽이기' 가 됐을까? 소설의 초반부터 그런 의문이 들었다. 더 좋은 제목도 있을 수 있다는 생각이 들었기 때문이다. 그러나 소설의 끝부분에 이르며 그것이 '무분별한 살해' 의 의미를 담고 있다는 걸 알게 되었다. "톰의 죽음을 사냥꾼이나 아이들이 노래 부르는 새를 무분별하게 죽이는 행위에 빗대셨고요."(444쪽) "글쎄, 말하자면 앵무새를 쏴 죽이는 것과 같은 것이죠?"(509쪽)라는 문맥에서 그 까닭을 유추할 수 있었고 나쁘지 않다는 생각도 들었다.

그다음 해설자의 말을 빌리면 독자들의 마음을 바꿔놓는 소설이라는 것도 쉽게 수긍하기 어려웠다. 그 이유는 시작부터 조금 지루하다 싶은 생각이 들었기 때문이었다. 법정 이야기가 진지해지며 생각이 달라졌고, 자기 삶을 견줘 보게 하는 사건과 이야기가 나왔다. 핀치 변호사가 어머니 없이 흑인 가정부를 두고 젬과 스카웃을 키우는 생활이 가르치지 않으면서 가르침을 주는 요소로 작용했다. 아이들에게 자유를 주면서 개성 있게 자랄 수 있도록 환경을 만들어 가는 것. 그러면서 차별하는 것이 나쁜 것임을 생활 속에서 실천하는 것이 영향을 크게 미칠 수 있겠다 싶었고 실제로 나도 그런 느낌을 받았다.

이 소설의 주제를 '정의' 로 요약할 수 있다면 그 정의는 차별이 없는 것이다. 최근 한국에서 생겨난 '내로남불' 이라는 말이 나온 배경도 여기에 있다. 미국 헌법 전문을 인용하기도 하지만 세상은 그렇지 못하다. 그러나 이 소설 속에서 핀치 가정의 캘퍼니아 가정부가 젬과 스카웃을 흑인 교회에 데리고 가자 흑인 교회 사람들이 백인 아이들을 데리고 온 것을 나무랄 때 "다 같은 하느님이야."(225쪽)라고 대꾸하는 것은 흑인 여성에게서 나온 위대한 말이었다.

정의를 뒷받침하는 것은 또 무엇이 있을까? 그중의 하나가 양심임을 "하지만 난 다른 사람들과 같이 살아가기 전에 나 자신과 같이 살아야만 해. 다수결에 따르지 않는 것이 한 가지 있다면 그건 바로 한 인간의 양심"(200쪽)이라는 말, "욕설은 그 사람이 얼마나 보잘것없는 인간인가를 보여줄 뿐 상대방에게 상처를 주지는 못해."(207쪽)라는 말을 통해 드러낸다. 정의를 뒷받침하는 용기를 "시작도 하기 전에 패배한 것을 깨닫고 있으면서도 어쨌든 시작하고, 그것이 무엇이든 끝까지 해내는 것이 바로 용기 있는 모습"(213쪽)이라고 한 것은 이 소설이 읽힐 수 있는 밑

바탕이 되었다.

그리고 밑줄을 긋지 않고 넘어갈 수 없었던 말이 "언젠가 아빠는 내게 형용사를 몽땅 빼버리고 나면 사실만 남게 된다고" 했다는 말은 우리의 삶을 우리가 어처구니없이 꾸며대고 있는 것 아닌가 하는 생각이 들게 하고, 대미를 장식하듯 딸 스카웃의 이름을 다정하게 부르며 "스카웃, 결국 우리가 잘만 보면 대부분의 사람은 모두 멋지단다."라고 하는 말은 이 소설에 정을 가지게 한다. 이것이 성경 다음으로 독자들에게 영향력을 끼친 소설이라는 조사 결과를 부정하지 못하게 한다.

이 서평의 제목으로 붙인 '대부분의 사람은 모두 멋지다' 라는 말이 내 생활에서 알뜰히 실천된다면 하는 생각을 해 본다. 그리고 이 책에서 심심찮게 나오는 낱말 하나, '독서등' 의 불빛이 너무나 따스하게 느껴져 다 읽은 책을 가슴으로 끌어안아 본다. 그 따스한 불빛이 이 세상을 정의롭게 할 불빛이 되는 것은 두말할 나위 없겠다. 그 정의로운 변호사, 젬과 스카웃의 자상한 아버지, 애티커스 핀치의 얼굴이 누군가의 얼굴로 오버랩된다.

16 주
2023.
04. 23.

우복동牛腹洞4)에서 받은 편지

정약용, 박석무 편역, 『유배지에서 보낸 편지』,
창비, 2019(개정 3판 1쇄).

학이사독서아카데미, 책으로 노는 사람들이여! 그대들과 함께 책 읽고 토론하고 서평 쓰는 공부를 해온 지도 어느덧 반 십년이 가까워졌습니다. 그간 우리는 코로나로 모임이 곤란할 때 카톡 방을 통해서 토론을 할 만큼 매월 빠짐없이 독서토론회를 가졌고, 서평 모음집을 8권이나 발간하는 성과를 이루었습니다. 매주 토요일에는 우리 회원들의 서평이 신문에 게재되어 우리에게 기쁨이 되기도 하고, 책 읽는 세상을 위해 우리가 할 수 있는 일을 하고 있다는 보람도 가지게 되었습니다. 우리가 책을 읽었기 때문에 해낼 수 있는 일이었습니다.

2023년 봄의 한가운데 4월에는 정약용의 『유배지에서 보낸 편지』를 다시 읽었습니다. 그래서 서평도 편지 형식

4) 兵火가 침범하지 못한다는 신비한 동네. 경북 상주와 충북 사이의 속리산에 있다는 상상의 동네.

으로 써보려 합니다. 이 편지 묶음은 두 아들에게 보낸 편지가 1부, 두 아들에게 주는 가훈이 2부, 3부는 둘째 형님께 보낸 편지, 마지막으로 제자들에게 당부하는 말이 4부로 묶어져 있습니다. 1979년 처음 번역되었지만 편역자가 40년이나 매달려 수정하고 증보하여 펴낸 책이라 참 소중하게 느껴집니다. 우리가 함께 읽은 김혈조의 『열하일기』와 같이 저자가 아닌 편역자가 평생의 관심을 바친 책 한 권, 뜻있는 사람의 집념이 서린 책입니다.

이 편지를 쓴 다산 정약용(1762~1836), 그는 어떤 사람이었습니까? 조선 후기 학자로 문장과 경학에 뛰어났고, 유형원과 이익 등의 실학을 계승하고 집대성하였습니다. 신유사옥[5] 때 전라남도 강진으로 귀양 갔다가 19년 만에 풀려났습니다. 저서로 『목민심서』, 『흠흠신서』, 『경세유표』 따위가 있습니다. 특히 지방 관리들의 폐해를 없애고 지방 행정의 쇄신을 위해 옛 지방 관리들의 잘못된 사례를 들어 백성들을 다스리는 도리를 설명한 『목민심서』는 지금도 유효한 내용으로 널리 회자되고 있습니다.

이 편지 묶음 전체를 처음 읽는다 해도 여기저기서 편지 구절들을 읽었음직한 편지가 있었을 것입니다. 귀양살이하던 다산이 아들과 형 그리고 제자들에게 전하고

5) 조선 순조 원년(1801)인 신유년에 있었던 가톨릭교 박해사건, 신유교난이라고도 함.

싶은 말들을 전하며, 귀양살이의 적적함을 달래고 그 괴로움을 견뎌가는 내용들입니다. 그 어느 한 구절 버리고 싶은 것이 없습니다. 그 가운데 네 가지 사실에 관심이 끌렸습니다.

그 첫째가 이 책의 핵심적인 내용이자 "공자의 도는 효제일 뿐이다."(330쪽)로 요약할 수 있는 다산 정신의 핵입니다.

둘째는 「절조를 지키는 일」에 나오는 천하의 두 가지 기준입니다. "천하에는 두 가지 큰 기준이 있다. 하나는 옳고 그름의 기준이요, 다른 하나는 이롭고 해로움에 관한 기준이다. 이 두 가지 큰 기준에서 네 단계의 등급이 나온다. 첫째는 옳음을 고수하고 이익을 얻는 것이 가장 높은 단계이고, 둘째는 옳음을 고수하고도 해를 입는 경우다. 셋째는 그름을 추종하고 이익을 얻음이요, 마지막 가장 낮은 단계는 그름을 추종하고 해를 보는 경우다." (139쪽)라고 한 것입니다. 이것은 이미 지나간 그 옛날의 기준이 아니라 지금 그리고 먼 미래에도 우리 삶의 지침으로 삼아도 좋을 내용입니다.

셋째는 독서에 관한 여러 내용입니다. 모든 편지에 독서에 관한 내용이 없는 것이 없다고 해도 과언이 아닌데 직접적으로 언급한 내용은 따로 간추려 내면 훌륭한 독서 지침이 될 만한 것입니다. 특히 독서의 의미와 방법 그리고 서평을 써야 한다는 사실을 다음과 같이 표현한 사실에 놀라지 않을 수 없습니다. 이렇게 오래전부터 훌륭한 독서 방법들을 상세히 가르쳐준 선조가 있었는데 후손들은 왜 그것을 힘써 실천하지 않았을까요.

가슴을 서늘하게 하는 "폐족으로서 잘 처신하는 방법은 오직 독서밖에 없다."(43쪽) "너희들이 독서하는 것이 내 목숨을 살리는 길 아니겠느냐?"(47쪽)라는 글에선 한참을 멍하니 있어야 했습니다. 주자가 말한 가정생활의 네 가지 근본에서도 "독서는 집안을 일으키는 기가起家 근본" "책을 간수하는 일, 책을 베끼는 일, 책 읽기를 좋아하는 일, 책을 아끼는 일에 관계된 이야기는 기가의 근본"(89~90쪽)이라고 했습니다.

독서를 어떻게 할 것인가의 가르침으로, "나는 몇 년 전부터 독서에 대하여 깨달은 바가 큰데 마구잡이로 그냥 읽어 내리기만 한다면 하루에 백 번 천 번을 읽어도 읽지 않은 것과 다를 바가 없다. 무릇 독서하는 도중에 의미를 모르는 글자를 만나면 그때마다 널리 고찰하고 세밀하게 연구해서 그 근원을 터득하여 글 전체를 이해할 수 있어야 한다. 날마다 이런 식으로 책을 읽는다면 수백 가지의 책을 함께 보는 것과 같다. 이렇게 읽어야 책의 의미를 훤히 꿰뚫어 알 수 있게 되는 것이니 이 점 깊이 명심하거라."(106쪽)

"독서 한 가지 일만은, 위로는 성현을 뒤따라가 짝할 수 있고, 아래로는 수많은 백성들을 길이 깨우칠 수 있으며 어두운 면에서는 귀신의 정상情狀을 통달하고, 밝은 면에서는 왕도王道와 패도霸道의 정책을 도울 수 있어 짐승이나 벌레의 부류에서 초월하여 큰 우주도 지탱할 수 있으니 독서야말로 우리 인간이 해야 할 본분인 것이다."(300쪽)

"옛날 서적이 많지 않았을 때는 독서하여 외우는 데만 힘썼는데, 지금은 경經, 사史, 자子, 집集만 해도 대단히 많으니 어찌 일일이 다 읽을 수 있겠는가? 오로지 『역경』, 『서경』, 『시경』, 『예기』, 『논어』, 『맹자』 등은 마땅히 숙독하여야 한다. 그러나 모름지기 뜻을 강구하고 고찰하여 그 정밀한 뜻을 깨달을 때마다 곧바로 기록해 두어야만 바야흐로 실제의 소득을 얻게 된다. 진실로 외곬으로 낭독하기만 한다면 실제 소득은 없을 것이다."라고 하였습니다. 서평 쓰기가 얼마나 중요한가를 가르쳐주고 있는 것 아닙니까?

마지막으로 시를 쓰는 사람으로서 시에 관한 언급에 관심을 갖지 않을 수 없었습니다. 그러나 다산은 시를 크게 중요시하지는 않은 듯합니다. "시에 힘쓰는 것이 긴요한 일은 아니나 성정性情을 도야하려면 시를 읊는 것도 상당이 도움이 된다."(118쪽)고 한 정도입니다. 그러나 "시대를 아파하고 세속에 분개하는 내용이 아니면 그것은 시가 아니며, 아름다운 것을 아름답다 하고 미운 것을 밉다 하여 착함을 권장하고 악함을 징계하는 뜻이 담기지 않으면 그것은 시가 아니다."(63쪽)라고 하여 시의 존재 이유를 밝히기도 했습니다.

이 책을 읽은 사람마다 생각들이 다를 테지만 학이사 독서아카데미의 책으로 노는 사람들은 다산이 설파한 독서 방법을 실천하고 있다는 사실에 긍지를 가져도 좋을 듯합니다. 책으로 노는 사람들이여! 다산이 유배지에서 보낸 편지 속에 우리가 해야 할 일들을 이렇게 소상히 가르쳐주고 있을 줄 그 어찌 상상이나 할 수 있었습니까? 다산에서 멀었던 우리가 이렇게 가까이 느낄 수 있는 것, 다 독서 덕분입니다.

그리하여 당부하노니 책으로 노는 사람들이여! 가벼워지기만 하는 세상에 덩달아 들뜨지 말고 우리는 책을 읽고, 토론하고, 사색하고, 서평을 쓰고, 읽은 내용을 우리 삶에 실천하며 살기로 합시다. 그것이 이 불확실한 시대에 가장 확실한 빛이 되는 것을 다산의 편지에서 읽지 않았습니까. 책이 있는 한 절망하지 맙시다. 책과 놀며 나를 찾아 행복합시다.

경묘년 사월 스무사흗날

異步

17주
2023.
04. 30.

이성의 광기와 미학적 이(彛)

표도르 도스토옙스키, 김연경 옮김, 『죄와 벌 1』,
민음사, 2022(1판 33쇄).

표도르 도스토옙스키는 1821년에 나서 1881년 폐동맥과열로 사망했다. 가난과 사형선고 및 유형 생활, 간질병, 도박벽으로 점철된 인생을 살았지만 그의 이름 앞엔 러시아의 대문호라는 수식어가 붙고 이 수식어에 많은 세월이 거부감을 갖지 않는다. 그가 남겨 세계 문학의 명작으로 꼽히는 『죄와 벌』은 작가 스스로가 '범죄에 대한 심리학적 보고서'라고 밝혔듯 죄와 벌에 대한 다양한 인식이 팽팽하게 갈등하고 교차한다.

『죄와 벌』 1, 2로 나누어져 제1권은 1~3부까지, 제2권은 4~6부와 에필로그를 다루고 있다. 제1권은 1860년대 후반의 페테르부르크 지방 소도시 출신 청년 라스콜니코프가 형편이 어려워 학업을 중단하고 '관'과 같은 좁고 더러운 방에 틀어박혀 살면서, 이성의 광기 속으로 침잠하여 살인을 저지르게 되는 것으로 진행된다. "왜 하필이면 노파에게서 그런 생각의 맹아를 막 얻어온 지금, 때마침 노파에 관한 대화를 엿듣게 된 것일까……? 이러한 우연의 일치가 이상하게 여겨졌다."(124쪽)고 생각하며 자신만의 살인 계획을 세운다.

라스콜니코프가 엿들은 대화, 즉 "'물론 노파는 살 가치가 없지.' 장교가 지적했다. '하지만 자연이라는 것이 원래 그렇잖아.' '에이, 이봐, 그러니까 자연을 수정하고 방향을 틀어주는 건데. 그러지 않았다면 편견 속에서 허우적댈 수밖에 없었을 거야. 그렇지 않았다면 단 한 명의 위인도 나오지 못했을 테고. 말로는 '의무다, 양심이다' 하고 떠들어 대지만'"(123쪽) 이 대화들을 엿듣고 살인 계획에 박차를 가하지 않았을까 하는 생각도 든다.

어느 날 저녁 그는 머릿속으로 구상한 계획에 따라 전당포 노파와 그녀의 이복여동생을 살해한다. "도끼를 완전히 꺼낸 다음 양손으로 휙 들어 올려 무슨 감각도 없이 거의 힘도 들이지 않고, 거의 기계적으로 도끼 등으로 머리를 내리쳤다."(142쪽) 그 살인은 누구의 눈에 띄지 않은 완전 범죄였지만 예심 판사는 그의 심리를 꿰뚫으며 압박해 온다. 이상과 관념만이 가득한 라스콜니코프의 마음에는 불안감이 싹튼다.

"나는 사람을 죽인 것이 아니다. 원칙을 죽인 것이다! 원칙은 죽였지만 정작 넘어서는 건 아예 넘어서질 못하고 이편에 남게 됐다……. 할 수 있었던 것은 죽이는 것뿐이었지. 하긴 그러고 보니 그것조차도 제대로 할 수 없었던 셈이다…….”(495쪽)라고 자기 합리화를 꾀하다가 “에잇, 나란 놈은 미학적인 이〔蝨〕에 불과할 뿐 더 이상 아무것도 아니다.”(496쪽)라기도 하며 괴로워하고 있다. 다만 가족들을 먹여 살리기 위해 몸을 팔지만 누구보다 순결한 소냐를 만나면서 점점 혼란인지 기댄지 모를 상황에서 1권은 끝난다.

밑줄 그은 문장은 거짓말에 대한 관점, 책 제목인 ‘죄와 벌’에 대한 인식이다. “거짓말은 모든 유기체 앞에서 오로지 인간만이 보유한 특권이거든요.”(363쪽) “자기 식으로 거짓말을 지껄이는 것이 무작정 남을 따라하는 진리보다 거의 더 낫다고 할 수 있지요. 전자의 경우는 인간이지만, 후자의 경우에는 겨우 앵무새에 지나지 않으니까요.”(364쪽)라는 말을 흘려버리기는 아깝다.

그리고 죄라는 관점은 “왜 유명한 관점 있잖아. 범죄는 비정상적인 사회구조에 대한 저항이며 오직 그뿐, 그 이상 아무것도 아니고 더 이상 그 어떤 이유도, 아무것도 허용되지 않는다 하는 것 말이야……!”(461쪽)라는 사회주의자의 관점, 그리고 죄와 관련해서는 “양심이 있는 자는, 자신의 오류를 의식한다면 괴로워하겠죠. 이게 그에게 벌입니다. 징역과는 별개로.”(476쪽)라는 인식이 이 소설의 의미에 깊이 개입된다.

라스콜니코프가 학교에서 쓴 「범죄론」에서 언급한 것이 그의 범죄를 옹호하는 이론으로 대두되기도 한다. “인간이 자연의 법칙에 따라 대체로 두 부류로 나뉜다는 것입니다. 하나는 하급 부류(평범한 사람들), 즉 오로지 자신과 비슷한 자들을 생산하는 데만 기여하는, 말하자면 재료이며, 다른 하나는 본질적으로 사람들, 즉 자신이 속한 무리에서 새로운 말을 할 수 있는 천부적 재능이나 능력을 가진 사람들입니다.”(469쪽)라는 것은 자신을 합리화하는 수단으로 인식한다.

1권에서 인상적이었던 낱말과 문장은 “설렁과 설렁줄” “갑자기, 느닷없이, 그야말로 뜻밖에 알게 된 것이다.”(117쪽) “선을 향한 열망”(268쪽) “왜 이렇게 는실난실 구느냐고?”(311쪽) “남의 머리로 근근이 살아가는 것에”(364쪽) “봄의 미망”(416쪽) “달걀껍질이 나뒹구는”(492쪽) 등이 있다. 나열한 이 단어들을 쭉 읽어 가면 줄거리가 스쳐간다. 번역 문장은 지나치게 길었다. 소설에 나오는 복잡한 이름은 그렇다고 하더라도 만연체 문장은 분명히 혼란을 부추긴 면이 없지 않다. 그러나 이내 2권을 펼치게 한다. 재미있다.

18 주
2023.
05. 07.

자기합리화&행복한 감옥

표도르 도스토옙스키, 김연경 옮김, 『죄와 벌 2』,
민음사, 2022(1판 33쇄).

『죄와 벌』 2권은 4, 5, 6부와 에필로그, 작품 해설, 작가 연보로 꾸며졌다. 1권은 라스콜니코프가 살인을 한 것이 주요 줄거리이고, 2권은 범죄를 자기합리화하려고 하는 여러 과정을 거쳐서 결국 자수하는 것이 주 내용이다. "조용히 띄엄띄엄, 하지만 또박또박 말했다. 바로 제가 그때 관리 미망인과 노파와 그 여동생 리자베타를 도끼로 살해하고 금품을 훔쳤습니다. 일리야 페트로비치는 입을 딱 벌렸다. 사방팔방에서 사람들이 몰려들었다. 라스콜니코프는 자신의 진술을 되풀이했다."(467쪽)로 2권의 6부가 끝났다.

이어지는 에필로그는 그야말로 에필로그에 충실했다. 라스콜니코프는 감옥으로 갔고 소냐는 감옥살이를 뒷바라지한다. "그들은 말을 하고 싶었지만 그럴 수가 없었다. 눈에는 눈물이 고였다. 둘 다 창백하고 여위었다. 하지만 병색이 완연한 이 창백한 얼굴에서 이미 새로워진 미래의 아침놀이, 새로운 삶을 향한 완전한 부활의 아침놀이 빛나고 있었다. 사랑이 그들을 부활시켰고, 한 사람의 마음이 다른 사람을 위해 무한한 생명의 원천이 되어 주었다."(496쪽)

"변증법[6] 대신에 삶이 도래했다."가 에필로그의 핵심어가 되지만, 마지막 문장이 이야기를 다 읽은 시점에서 묘하게 가슴을 친다. "하지만 여기서 이미 새로운 이야기가, 한 인간이 점차 새로워지는 이야기이자 점차 다시 태어나는 이야기, 점차 하나의 세계에서 다른 세계로 옮겨가 여태껏 전혀 몰랐던 새로운 현실을 알아가는 이야기가 시작된다. 이것은 새로운 얘기의 주제가 될 수 있겠지만, 우리의 지금 얘기는 끝났다."로 마무리된다. 소설은 끝났는데 그다음으로 상상이 쭉 이어진다. 매력이다.

2권에서는 주인공 라스콜니코프가 경찰, 친구 등과의 만남에서 약간의 정신 이상까지 보이며 살인죄에 대한 강박 증세를 보인다. 그 와중에 길거리에서 한 남자의 죽음을 목격하고 가난한 남자의 부인에게 엄마와 여동생이

---

6) 변증법: 제논, 소크라테스, 플라톤을 거쳐 칸트에 와서 우리의 이성(理性)이 빠지기 쉬운, 일견 옳은 듯하지만 실은 잘못된 추론(推論), 즉 선험적 가상(假像)의 잘못을 폭로하고 비판하는 '가상의 논리학' 이라는 뜻으로 썼다.

어렵게 만들어 송금한 수중의 돈을 장례비로 털어준다. 그 일로 죽은 남자의 딸인 소냐를 알게 된다. 소냐는 몸을 팔아 가난한 집에 생활비를 보탠다. 라스콜니코프는 소냐에게 죄를 고하고 소냐의 권유로 자수한다. 8년 형의 시베리아 감옥 생활에 소냐는 그를 따라 그곳 주변에 터를 잡고 매일 그를 면회한다. 어느 날, 라스콜니코프는 소냐의 사랑을 느끼고 그녀의 무릎을 끌어안으며 새 삶을 꿈꾼다.

1권에서는 생각지도 않았는데 2권에서는 라스콜니코프의 수감 생활과 작가 도스토옙스키의 유형 생활이 자꾸 겹쳐진다. 그의 연보를 보자. 1847년 봄부터 페트라셉스키의 금요일 모임에 출입(공상적 사회주의 경향). 1849년 4월 15일, 페트라셉스키 모임에서 고골에게 보내는 벨린스키의 편지 낭독. 4월 23일, 당국에 의해 체포되어 페트라파블로프스크 요새에 감금. 9월 30일, 재판 시작. 11월 13일, 상기 편지 낭독 죄로 사형을 언도받음. 12월 22일, 세모노프스키 연병장에서 사형이 집행되기 직전, 황제 니콜라이 1세의 칙령에 의해 사형 집행이 중지되고 강제 노동형으로 감형됨.

1850년 1월, 토볼스크 체류 중 12월 당원(제카브리스트) 부인들의 방문을 받고, 이 중 폰비지나 부인에게서 성경을 건네받음. 1월 23일, 옴스크 요새의 형장에 도착, 1854

년 2월까지 복역. 1854년 3월, 사병으로 강등되어 세미팔라친스크에 배치됨. 이곳의 세무관 이사예프와 안면을 트고 그의 아내 마리야 드미트리에브나 이사예바를 사랑하게 됨. 1857년 2월 6일, 미망인이 된 마리야 드미트리에브나와 결혼.

이 작품이 도스토옙스키가 유형생활 후 두 번째로 발표한 작품이라는 점에서 더욱 그렇다. 작품에 작가의 경험이 개입되는 것은 조금도 이상할 일이 없다. 작품의 성공은 그의 유형 생활이 큰 바탕이 되었다는 사실은 부인할 수 없겠다.

도스토옙스키의 장황한 인간 심리와 공간 묘사는 치밀하다. 읽어가며 밑줄을 친 문장들이 적지 않다. 라스콜니코프가 친구 라주미힌에게 엄마와 여동생을 걱정하는, "나를 좀 내버려두고, 저들은…… 내버려 두지 마. 내 말 알아듣겠어?"(71쪽)라는 말이나, 예심판사 포르피리가 라스콜니코프에게 "촛불 앞을 맴도는 나방을 보신 적이 있습니까? 자, 그는 바로 그렇게 촛불 주위를 맴돌듯 계속, 계속 제 주위를 맴돌 겁니다."(119쪽) "지성의 유희적인 기지, 이성의 추상적인 논증에 곧잘 유혹되시겠지요."(121쪽)라고 한 문장이다.

라스콜니코프가 소냐에게 고백하면서도 "나는 그저

이〔蝨〕를 죽였을 뿐이야, 소냐 아무 쓸모도 없고 더럽고 해롭기만 한 이를,"(258쪽) 여동생에게도 "저 추잡하고 해로운 이〔蝨〕를, 가난한 자들의 피를 쪽쪽 빨아먹는, 아무에게도 필요 없는 전당포 노파를 죽였으니 마흔 가지 죄악은 용서받을 텐데 그것이 죄라고?"(443쪽) 하며 자기 합리화를 꾀한다. 곁가지 같은 6부의 스비드리가일로프가 악행을 저질렀던 얘기를 하며 "자기를 제일 잘 속일 줄 아는 자가 제일 즐겁게 사는걸요."(376쪽) 하는 말이 사건과 스토리에 걸쳐진다.

이 책에서 '부들부들', '얼토당토' 같은 넉 자 말 부사를 많이 만났다. 작자의 문체인지 번역자의 문체인지 모르겠지만 행동을 꾸미려 하니까 많이 쓰였겠으나 흔한 일은 아니다. '유로지브이' (자주 백치에 가깝지만 동시에 성스럽게 여겨지는 존재, 성(聖) 바보)라는 어휘도 만났다. "그는 자기가 쓴 글이 인쇄된 것을 처음 봤을 때 저자가 맛보게 마련인 저 이상야릇한, 톡 쏘는 것 같으면서도 달콤한 감정을 느꼈으며 더군다나 스물세 살이라는 나이가 위력을 발휘했다."(434쪽)라는 경험했지만, 표현해 보지 못한 문장을 만나기도 했다.

이 소설의 무대가 되고 있는 상트페테르부르크를 두 번이나 여행했다. 소설에 나오는 센나야 광장, 도스토옙스키가 거주했던 집, 라스콜니코프의 집이 관광 명소로 남아있다고 하는데 그땐 몰라서 못 갔다. 근처에 있는 마린스키 극장에서 발레 '백조의 호수'를 비싼 입장료를 주고 보면서 돈이 하나도 아깝지 않은 경험을 한 적이 있다. 이 소설에 곁가지가 많다는 생각이 들었는데 그것이 러시아에서는 글자 수로 고료를 계산하기 때문에 일부러 늘린 것이라 해석이 있기도 하다. 도스토옙스키는 가난과 도박벽에 늘 돈이 궁했다. 그가 퇴고를 잘 하지 않는 것도 마감시간에 쫓긴 때문이라는 에피소드도 전해온다.

작가는 죄와 벌이란 말을 어떤 의미로 썼으며, 무엇을 말하려 했을까? 일본의 다자이 오사무의 소설『인간실격』주인공 요조는 독백에서 도스토옙스키가 죄와 벌을 유의어가 아닌 반의어로 배열했을 가능성을 제기했는데, 죄를 지은 자들이 벌을 받는 것이 아니라, 착하고 양심있는 사람들이 추악한 현실에서 벌을 받는다고 생각하기 때문이다. 상식적으로 생각하면 죄지으면 벌 받게 마련이라는 당위론만으로 치부하기는 아쉬운 점이 없지 않다. 나는 이 소설을 맹목적 자기합리화와 영웅주의적 사고를 비판한 것으로 읽었다. 읽는 재미가 컸다.

19 주
2023.
05. 14.

설마, 그러나 두렵다

가즈오 이시구로, 홍한별 옮김, 『클라라와 태양』,
민음사, 2021.

내 삶 속으로 AI가 걸어 들어오고 있다. 자동차 주유도 돈만 주면 되는 게 아니라 내려서 셀프 주유를 해야 한다. Kiosk로 처리해야 하는 많은 일들, 스마트폰을 통해서 무엇을 물어보면 AI가 들려주는 복잡한 안내 등등 적응하기가 만만찮다. 이제 AI를 모르고 산다는 것은 문자 시대에 문맹자로 사는 것과 다름없겠다는 사실을 깨닫고도 가만히 앉아 있을 수만은 없다. 컴퓨터를 쓰긴 쓰고 있지만 내가 할 수 있는 것이 정말 조금뿐이다.

내가 어떻게 AI에 접근해 가야 하나? 고민하다가 문학으로 접근해 봐야겠다고 생각했다. 그래도 그게 내겐 가장 친근한 길일 것 같았다. 검색해 봤다. 아니나 다를까, 두드리니 열렸다. 2017년 노벨문학상을 받은 가즈오 이시구로가 노벨상 수상 이후 처음으로 발표하는 소설 『클라라와 태양』이 있었다. 클라라, 클라라가 누군가? 슈만

이 클라라의 아버지 비크와 3년간의 법정 투쟁을 통해 결혼하게 된 그 전설의 주인공 그리고 브람스가 평생을 사랑했던 여인의 이름 아닌가!

작가가 사랑을 말하려는가? 책표지는 주황색, 태양의 색이다. 소설 속에서, "헛간 안은 주황색 빛으로 가득했다."(242쪽) 등 여러 곳에서 태양이 주황색이라고 쓰고 있다. 그리고 창을 내서 흐린 하늘과 태양을 조금 보여준다. 제목과 표지를 통한 추론은 크게 빗나가지 않았다. 인간 아이들의 친구로 생산된 로봇 클라라와 인간 소녀의 우정을 다루었다. 인간과 인간으로서가 아니라 인간과 AF로서 쌓아가는 우정이 사랑 못지않다.

조시는 폴과 크리시 사이에서 태어난 딸, 몸이 아프다. 조시를 돌보고 친구가 될 클라라는 이름을 가진 로봇 AF를 사온다. 클라라는 조시를 관찰하는 역할을 맡는다. 크리시는 첫째 딸 샐을 잃고 조시도 잃을까 걱정하다가 카팔디에게 조시를 데려가 복제하기로 결심한다. 초상화를 그린다는 핑계를 대며 조시의 몸 이곳저곳을 촬영한다. 성공 여부에 대해 확신을 가질 수 없지만, 조시가 건강해져서 복제품이 필요 없게 된다. 대학에 진학하고 클라라는 폐기된다.

이 소설을 읽으며 가슴이 덜컥 내려앉는 문장들을 만났다. 아, 앞으로의 세상이 이렇게 된다는 말인가. 조시의 아버지가 인간의 마음을 배울 수 있겠느냐고 묻자 클라라는 “그게 가장 어려운 부분일 수 있을 것 같습니다. 방이 아주 많은 집하고 비슷할 것 같아요. 그렇긴 하지만 시간이 충분히 주어지고 에이에프가 열심히 노력한다면 이 방들을 전부 돌아다니면서 차례로 신중하게 연구해서 자기 집처럼 익숙하게 만들 수 있을 겁니다.”(321쪽)

이뿐만이 아니다. “처음에는 일자리를 빼앗아 가고, 이제는 극장 좌석까지 차지해?”(354쪽) “사실 지금, 에이에프에 대한 우려가 점점 커지고 있어. 에이에프가 너무 똑똑해졌다고들 하지, 에이에프의 머릿속에서 무슨 일이 일어나는지 파악할 수 없어지면서 두려움이 생겨났다고 할 수 있어.”(429쪽)라는 문장이다. 편리하자고 만든 돈이 인간을 지배하듯이, 편리하자고 만든 로봇이 인간을 지배하게 되는 것 아닌가 하는 두려움이 몰려오기도 한다.

그러나 위안이 없는 것도 아니다. “제가 아무리 노력해도 할 수 없는 무언가가 있었을 거라고 생각해요. 어머니, 릭, 가정부 멜라니아, 아버지, 그 사람들이 가슴속에서 조시에 대해 느끼는 감정에는 다가설 수 없었을 거예요. 지금은 그걸 확실하게 알아요.”(442쪽)라는 클라라의 말이다. 이 부분이 인간의 고유성이 침범당하지 않겠다는 기대를 갖게 하기 때문이다. 아무리 잘 만든 AI라도 인간을 대신할 수 있어서는 안 된다.

이 소설에 등장하는 인물들의 관계를 중심으로 읽으면 아기자기할 수도 있다. 클라라는 그야말로 최선을 다한다. 조시를 돌보는 것은 인간 이상이다. 에이에프는 인간과 달리 요구하는 것은 없고 오로지 봉사만 한다. 그렇게 입력되어 있다. 그래서 편리함만을 생각한다면 사람보다 훨씬 나을 것이다. 그러나 감정을 가진 AI로 진화하면 인간에게 봉사만 하고 희생하기만 할까 하는 의문을 내려놓을 수 없기도 하다.

앞으로 인간이 AI와의 관계를 어떻게 설정할 것인지? 신이 만든 인간과 인간이 만든 인간이 함께 사는 세상은 어떤 곳이 될까? AI의 빠른 진화 과정을 보면 두렵다고 말하지 않을 수 없다. 소유의 역전 현상이 될 확률이 점점 높아지는 것이다. '설마, 그러나 두렵다' 고 말하지 않을 수 없다. 작품 구성, 시대의 문제를 제기하고 녹여내는 작가의 능력이 잘 드러난다. 그래서 나는 미래를 준비하게 하는 소설이라고 하고 싶다. 그래서 꼭 읽어야 할…….

20주
2023. 05. 21.

말의 힘, 3의 힘

이민호, 『말은 운명의 조각칼이다』, 천그루숲, 2019(초판 5쇄).

여름의 끝 무렵, 차를 타고 가다가 KBS의 〈정관용의 이 사람〉이란 방송을 청취하게 되었는데 이 책의 저자와 인터뷰를 하고 있었다. 30분이나 되는 시간이었다. 베스트셀러가 되고 있구나 하는 생각이 들었다. 인터뷰를 30분간 하면 책의 내용이 거의 다 드러나는 것이라 책을 굳이 사려는 생각을 하지 않았다. 그런데 내가 이런 저런 강연에 나가다 보니 강연을 좀 더 잘하기 위해서 이 책을 읽어야겠다는 생각이 들어 구매했다.

책을 사놓고 죽 훑어보니 기대에 미치지 못했다. 베스트셀러가 되는 것이 대부분 그렇지만 이 책도 그 범주를 벗어나지 않았다. 그래서 던져두었다. 추석 연휴를 보내면서 아우렐리우스 『명상록』을 세 번째 읽다가 잠시 쉬는 사이, 이 책이 곁에 있었다. 책을 집어 들었다. 저자는 방송에서 스피치 코치로 활동하며, 여러 기업체에서 강연자로 활동하고, 1억 상금 TV 오디션 우승자로, 스스로 '진실한 소통의 힘'을 믿는 소통전문가로 소개하고 있다.

책이 읽기는 쉬웠다. 다섯 부분으로 나누어진 이 책은, '마음을 움직이는 말하기', '말하기가 즐거워진다', '마음 속 알람이 울리다', '능력은 감탄을 주고, 배려는 감동을 준다', '진실한 소통은 힘을 믿는다'로 짜여있다. 말하기의 원론적인 것이고 이에 대해 처음 듣는 말도 아니다. 그럼에도 이론에 머무는 것이 아니라 경험을 펴는 것이라 딱딱하지 않게 읽힌다. 알지만 실천에 옮기기는 어려운 그런 항목이었다.

"저는 돈을 세지 않을 거예요. 별을 셀 거예요."(14쪽) 소설가 김영하의 경험인 "글의 힘을 믿지 않는다고 말하는 사람에게 종이 한 장을 꺼내 사랑하는 사람의 이름을 먼저 쓰고 그 옆에 '내일 죽는다'라고 쓸 수 있겠냐고 물으면, 그때 대부분의 사람들은 글의 힘을 깨닫는다고 한다."(18쪽) "가슴이 바뀌지 않으면 말은 결코 바뀌지 않는 게 아닐까요?"(26쪽) "강사가 주인공이 되려고 하지 말고, 청중을 주인공으로 만들어 줘야 한다."(48쪽) "21세기의 문맹은 글을 읽지 못하는 사람이 아니라, 상대의 마음을 읽지 못하는 사람입니다."(52쪽) 등에 밑줄을 그었다.

이어서 "비관주의자의 말은 대개 옳다. 하지만 세상을

바꾸는 사람은 항상 낙관주의자다."(57쪽) "수영을 못하면 물 밖에서 자유롭지만, 수영을 잘하면 물속에서도 자유로워진다."(107쪽)는 말은 제법 무게가 있다. 처음 책 제목을 들었을 때도 낯설지 않다는 생각이 들었는데 그것은 스펜서가 말한 "인생은 석재이다. 그것으로 신의 모습을 조각하든가, 악마의 모습을 새기든가, 그것은 각자의 마음대로이다."라는 명언이 있었기 때문이다. 이 명언에서 '석재'를 '말'로 바꾸면 이 제목이 된다.

실천에 옮겨볼 만한 제안으로 처음 듣는 것은 아니지만 「숫자로 말하라」 그중 특히 '숫자 3에는 힘이 있다'라는 항목에서 보여주는 여러 예가 재미있다. EBS 다큐프라임 〈인간의 두 얼굴〉이라는 프로그램의 실험에서 강남의 한 교차로에 실험 맨을 투입, 한 남자가 하늘을 향해 손가락질했지만 사람들은 관심을 보이지 않았다. 두 명이 그래도 힐긋 쳐다보기만 했다. 세 명이 하늘을 가리키자 가던 길을 멈추고 쳐다보기 시작했다.

스탠퍼드 대학의 필립 짐바르도 교수는 "숫자 3에는 힘이 있다. 세 가지가 모이면 집단이라는 개념이 된다. 사회적 규범이 되고, 특정한 목적이 있는 것으로 보인다. 세 명이 같은 행동을 하면 거기엔 그럴 만한 이유가 있을 거라고 여겨지는 것이"라고 했다. '3의 힘'을 느낄 수 있는 일은 많다. 각종 시합, 소개팅에 병원 진료까지, '양이

차면 질이 변한다' 는 말이 있는데 기본적인 양이 3이다. 이처럼 세 번은 사람들에게 확신을 준다는 데 동의한다.

그럼 이 책에서 읽은 바대로 이 책에 대한 평가를 숫자 3의 힘에 기대어 표현한다면 무엇이라고 쓸까? 1. 이론 아닌 경험이어서 이해하긴 쉽다. 2. 깊이와 새로움이 부족하다. 놀랄 만한 내용이 있었으면 하는 기대에 못 미친다. 3. 말하기 기술의 실천서이지만 이 경험을 어설프게 적용하면 곤란한 일이 생길 수도 있겠다. 실수담을 곁들이면 극복할 수 있는 일이 될 수 있을 텐데 아쉽다. 어느 분야에서나 체화되지 않은 기술은 실수를 유발할 수 있기 때문이다. 방송의 위력으로 태어나는 또 한 권의 베스트셀러, 그런 책이다.

21 주
2023.
05. 28.

멋지지 않은 『멋진 신세계』

Aldous Huxley, 안정효 옮김, 『멋진 신세계』,
소담출판사, 2020(초판 19쇄).

오로지 다섯 부류 사람들만 사는 세상, 그리스 문자 자모로 명명되어 제조 혹은 부화된 인간 제품, 다섯 계급으로 엄격하게 구분되는 알파, 베타, 감마, 델타, 엡실론이 그것이다. 1908년 포드의 T형 자동차가 처음 등장한 시기를 기원으로 삼는 '세계국'은 공동체, 동일성, 안정성이라는 표어를 가치로 내건다. 이런 가치로 인간이 멋지게 살 수 있을까 하는 의문이 강하게 들지만 이 세계의 사람들은 태아 상태부터 각종 약물로 처리되어 정해진 특성을 갖고, 그 특성 속에서 만족하는 매우 단순한 삶을 산다.

정해진 특성을 갖게 하기 위해서 수면 중 무의식에 빠져있을 때 수십만 번 이상의 세뇌교육을 시키고, 그들은 만인은 만인의 소유라는 가치에 따라 결혼 없이 자유분방한 연애와 성생활을 즐긴다. 소마라는 약을 통해 감정을 조절한다. 어쩌면 멋진 신세계일 것 같다. 그러나 그곳은 사람이 사람을 태어나게 하는 곳이 아니라 인간 제품을 제조하는 공장이다. 영악한 인간은 원하는 곳에 필요한 만큼의 지능을 주고 거기서 행복을 느끼게 만들어, "오늘 누려도 되는 즐거움을 절대로 내일로 미루지 말아요."(156쪽)를 외치게 한다.

멋진 신세계에서 人間의 幸福은 인간이 창조하는 것이 아니라 科學이 생산한다. 文明만 있을 뿐이고, 文化가 없다. 따라서 도덕이 있을 리 없다. 현대에서 우민정책이라는 3S정책(Sports, Screen, Sex), 장애물 골프와 전자 골프, 촉감 영화에 자유로운 성생활을 따른다. 사고가 조정되어 가진 지능 정도만 즐긴다. 불만은 소마로 해결한다.

이 멋없는, 『멋진 신세계』를 창조한 이는 올더스 헉슬리, '놀랍다'는 말을 넘어서는 말을 찾지 못해서 '놀랍다'라고 쓰고 있지만 1932년에 어떻게 이런 세계를 상상할 수 있었단 말인가? 그런데 그로부터 90여 년이 지난 지금 세상은, 놀랍게도 그런 세계를 향해 질주하고 있다. AI의 등장이 바로 그런 세계로 가는 길목이 아닌가. 생각하면 소름이 확 끼친다. 멋지지 않은 멋진 신세계는 인간성을 상실한 세상의 반어일 것이니. 멋진 신세계는 그래서 유토피아가 아닌 디스토피아.

멋진 신세계가 유토피아를 위한 반어이거나 디스토피아를 피하기 위한 주장이거나, 그 세계국의 인간을 다섯 부류로 나눈 것에 관심이 쏠린다. 5단계, 혹은 다섯 가지는 우리 신체와 밀접한 관련을 갖는다. 손가락, 발가락이 다섯 개임은 물론이고, 오감을 비롯하여, 한의학에서는 인체의 내부 장기를 통틀어 5장 6부라고 하고, 몸뿐 아니라 마음까지도 기쁨, 노여움, 욕심, 두려움, 근심을 이르는 오성五性이 있다. 그 외도 오욕五慾이 있고 음양오행이니, 오대양 육대주니 오곡백과에 이르기까지 세상의 중요한 것은 모두 다섯 가지씩 묶여 있다.

이 소설 속의 다섯 가지 인간군을 미국 심리학자 Abraham H. Maslow의 인간 욕구 5단계 이론과 관련시켜 보면, 『멋진 신세계』의 세계가 디스토피아라는 이유가 밝혀진다. 인간 욕구 단계의 하급 단계에 머물러 있기 때문이다. 인간의 욕구는 생리적 욕구, 안전의 욕구, 애정과 소속의 욕구, 존경의 욕구, 자아실현의 욕구로 이어지는데 여기에 반하는 것이다. 『멋진 신세계』의 알파 부류의 사람들도 자아실현의 고급 욕구는 없다. 겨우 생리적 욕구와 안전의 욕구에만 충실한 사회를 만들어 개성을 무시하고 인간이 행복한 것이 무엇인가를 생각하지 못하게 만드는 세상이다.

저자가 머리글에서 쓴 "참으로 혁명적인 혁명은 외적인 세계에서가 아니라 인간의 영혼과 육체 속에서 이루어져야 한다."(16쪽)는 말은 이 소설을 통해 하고 싶은 말이었다고 읽는다. 문화가 아닌 문명이 판치는 세상이 가까워진다는 것은 무서운 일이다. 그런 세상을 알아야 한다. 그래야 인간은 오로지 인간에 의해 태어나고 문명이 아닌 사람의 문화로 살 수 있는 세상이 소중한 것을 알 수 있다. 그래서 멋지지 않아도 읽어야 하고, 읽고 싶지 않아도, 내일을 살아가야 할 사람은 그 세상을 미리 본다는 측면에서 꼭 읽어야 할 책이다.

22 주
2023. 06. 04.

다르게 생각해야 새로움이 생긴다

김소연, 『마음사전』, 마음산책, 2009(1판 8쇄).

'사전' 이란 제목이 붙은 사전 아닌 사전 같은 책에 관심이 많다. 베르나르 베르베르의 『상상력 사전』, 앰브로스 비어스의 『악마의 사전』, 자크 아탈리의 『21세기 사전』, 심지어 강준막 편저 『재미있는 섹스 사전』까지 사들였다. 뒤적거려 보기도 하고 정독하기도 한다. 김소연 『마음사전』도 그런 관점에서 사들인 책이다. 책꽂이에 먼지 쓰고 꽂혀 있다가 뽑혀 나와서 읽게 된 책이다. 그냥 뒤적거릴 요량이다가 재미있어 끝까지 읽었다.

앞에 예로 든 사전이란 말이 붙은 제목의 책과 유사한 형태다. 짧은 말에 저자의 생각을 묻혔다. 저자 김소연은 1993년 《현대시사상》을 통해 등단한 이후 시집과 여러 권의 산문집을 발간했다. 『마음사전』은 마음과 관련된 낱말에 대한 생각을 모은 책이다. 크게는 '마음' 하나지만, 「오직 마음 때문에 존재하는 것들」로 시작해서, 26

「당신의 저쪽 손과 나의 이 손이」까지, 그리고 장 번호 없이 「틈」이 틈처럼 끼어있다.

'유리와 거울', '중요한 것'과 '소중한 것', '평안하다'와 '편안하다' 등 같은 듯하면서 다른, 미묘한 차이를 섬세하게 살펴내고 있다. 「행복과 기쁨」에서 "행복은 스며들지만, 기쁨은 달려든다. 행복은 자잘한 알갱이들로 차곡차곡 채워진 상태이지만, 기쁨은 커다란 알갱이들로 후두둑 채워진 상태다."(59쪽)란 말에 밑줄이 그어져 있다. 수긍한다는 뜻이다. 그러고 보니 행복과 기쁨은 다른 것이다.

"「외롭다」라는 말은 형용사가 아니라 활달히 움직이고 있는 동작 동사다."(91쪽)라고 쓴 것이나, 「자존심: 자존감」에서 "자존심은 차곡차곡 받은 상처들을, 자존감은 차곡차곡 받은 애정을 밑천으로 한다. 그러다 보니, 스스로를 지켜내는 것이 자존심이 되고 누군가가 불어넣어주는 것이 자존감이 된다."(193쪽)고 한 말이나, 「순진함과 순수함」에서 "순진함은 때가 묻지 않은 상태다. 순진함은 미숙함을 뜻하는 것이기도 하고, 무지함을 뜻하는 것이기도 하다."라는 생각도 긍정하지 않을 수 없다. 이 말들을 붙들고 지낸 시간이 꽤나 많았겠다 싶다.

이 책에서 내가 제일 재미있게 읽은 것은 그냥 틈에 끼워놓은 것 같은, 그래서 장을 나눈 번호도 없고, 부록처럼 '틈' 이라고 하여 그야말로 사전같이 정리한 낱말들이 있는데 그 중에서, '결정: 장고 끝에 악수를 두는 것', '미움: 사랑의 가장 질 나쁜 상태', '슬픔: 생의 속옷', '설렘: 뼈와 뼈 사이에 내리는 첫눈', '첫사랑: '첫술' 에 배부른 유일한 것' 이란 해석은 재미 속에 진실이 녹아 있다는 생각이 든다. 다르게 생각해 보는 것, 그것이 새로움에 가까이 가는 길이란 사실을 이 책에서 느낀다.

책의 편집도 변화가 있어 새롭다. 첫 페이지부터 끝 페이지까지 똑같이 행을 배열한 것이 아니라 설명하고자 하는 글의 길이에 따라서 행의 글자 수를 늘이기도 하고 줄이기도 하면서 가독성을 높이고 새로운 걸 경험하는 설렘 같은 것을 주기도 한다. 이런 저런 핑계를 갖다 대며 책이 안 팔리는 세상을 원망하지만, 그런 원망도 함부로 할 것이 못 된다 싶다. 멀리 갈 것도 없이 이런 책만 해도 재미있으니 팔리는 것이다. 좋은 글을 쓸 수 없고 재미있는 책을 쓰지 못한 것이지, 좋은 글 재미있는 글을 누가 일부러 피해가겠는가?

삶의 경험이 나보다는 짧은 시인이 엮거나 펴내는 책을 보면, 나는 뭘 하며 살았는가 싶은 생각이 들 때가 많다. 그렇게 많이 살지 않았지만 삶의 내부를 바라다보는 시선이 어찌나 예리한지 놀라지 않을 수 없다. 이러한 능력은 단순히 사는 것에서 그치는 것이 아니라 이른바 간접 경험을 통해서 깊어지는 것이라고 볼 수밖에 없는 것이다. 간접 경험의 첫째는 독서다. 이야기를 듣는 것도 좋은 기회지만 책처럼 여의치는 않다. 역시 讀立밖에 없겠다.

23 주
2023.
06. 11.

이념은 무서웠고, 사람은 따뜻했다

정지아, 『아버지의 해방일지』, 창비, 2023(초판 21쇄).

이른바 베스트셀러라는 책에 별 관심을 두지 않는다. 거기다가 정치인들이 이 책을 들먹거려서 정치적으로 이용되는 느낌도 있고 해서 읽지 않으려 했다. 독서토론회에서 이 책을 읽자고 하는 사람도 있었지만 기어이 묵살했다. 그런데 이걸 읽어야 할 운명적인 뭣이 있는지 자연스럽게 내 손에 들어왔다. 대수롭잖게 생각하다가 한 두어 시간 읽으면 될 것을 굳이 읽지 않겠다고 고집 아닌 고집을 피우는 것이 오히려 우스운 일이다 싶어 읽기 시작했다.

정지아는 1965년생, 이 소설의 공간적 배경이 되는 구례에서 태어나 중앙대 대학원 문창과를 졸업, 1990년 장편소설 「빨치산의 딸」을 펴내며 작품 활동을 시작했고, 1995년 〈조선일보〉 신춘문예에 단편 「고욤나무」가 당선되었다. 약 30여 년 작품 활동을 했으니 중견작가로 볼 만하다. 소설집도 『자본주의의 적』을 비롯한 서너 권이 있고, 김유정문학상, 노근리 평화문학상 등을 수상했다.

첫 작품부터 빨치산과 관련된 작품을 썼는데, 이 책도 그런 테두리다. 아마 이 분야에 관심을 집중하고 있는 것 같다. 책을 읽기 시작하면서 어라! 자세를 고쳐 잡았다. 특별히 끌리는 문장이 있어 밑줄을 그어야 할 수고는 없었지만, 전라도 사투리 구어체가 은근히 사람을 끌고 가면서 책을 놓지 못하게 했다. 그렇게, 그야말로 단숨에 이 책을 다 읽게 되었다. 전혀 새로운 이야기는 아니지만, 선입견을 가졌음이 작가에게 미안하다.

시간적 배경도 간단하다. "아버지가 죽었다."로 시작되는 이 소설은 그야말로 아버지의 죽음에 관한 이야기다. 전봇대에 머리를 받아 죽은 것이다. 아리의 아버지 고상욱, 그는 남로당 구례군 문척면 당위원장이었다. 이른바 빨갱이였다. 아버지가 죽고 장례식장에 문상을 오는 사람들과의 관계를 파헤치고, 살면서 철천지원수가 되었던 사람들도 모두 화해하는 공간을 만든다. 이념은 무서웠고, 사람은 따뜻했다. 작가는 이념에 젖어 생을 망친 여러 사람들의 이야기를 통해서 이념이 얼마나 무모한 것인가를, 그러나 또 이념이 얼마나 따뜻한 것인가를 보여주었는데, 결국은 사람의 따뜻함을 드러내고자 했으리라. 우리 근대사의 아픔, 일제의 야욕, 그리고 치욕, 이념이 사람보다 우위에 있던 해방 공간, 6.25 그 참담한 슬픔은 아직도 끝나지 않았다.

소설 앞부분에서 고상욱이 잘 곳 없는 방물장사 여인을 데리고 와 재워주자고 하는데, 아내가 반대하자 "자네, 지리산서 멋을 위해 목숨을 걸었능가? 민중을 위해서 아니었능가? 저이가 바로 자네가 목숨 걸고 지킬라 했던 민중이여, 민중!"(12쪽)이라고 하자, "어머니가 꽁무니를 내리고 방을 나갔다."에서 이념의 힘이, "아버지의 민중이 그날 밤 내게 남긴 것은 벼룩이었다. 대신 가져간 것은 서까래에 매달아 놓은 마늘 반접이었다."는 혼란스럽다.

한국의 근대사는 이 짧은 에피소드 같다. 무엇이 옳은 것인지 판단하지 못하는 사람들의 다툼, 이 소설에서 매우 가치롭게 생각하는 세계를 드러내는 전라도 사투리, "항꾼에"까지는 아직 멀고 멀다. 빨갱이의 딸이 쓴 이 소설이 '항꾼에' 할 수 있게 하는 무엇인가가 되었으면 좋겠다. "천수관음보살만이 팔이 천 개인 것이 아니다. 사람에게도 천 개의 얼굴이 있다. 나는 아버지의 몇 개의 얼굴을 보았을까? 내 평생 알아온 얼굴보다 장례식장에서 알게 된 얼굴이 더 많은 것도 같았다."(249쪽) 이 말의 뜻이 예사롭지 않다.

24 주
2023. 06. 18.

소설의 재발견

Lauren Weisberger, 서남희 옮김, 『악마는 프라다를 입는다 1』, 문학동네, 2006(1판 8쇄).

언제 어떻게 해서 내 서가에 자리를 잡았는지 알 수 없는 책이다. 책을 정리하다가 늘 그냥 버리기는 아깝다는 생각이 들어 남겨두고, 남겨두고 하다가 이번에 읽게 되었다. 그래 뭔가 끌리는 게 있더니 이렇게 재미있다니, 책을 버렸으면 어쩔 뻔했나 싶다. 특히 미국 현대소설에 별 흥미를 느끼지 못했던 내게 약간은 충격적인 소설이다. 소설의 내용이 아니라 내가 소설을 읽고 받는 느낌에서.

로렌 와이스버거, 1977년생, 코넬 대학에서 영문학을 전공하고 뉴욕에서 일 년 동안 《보그》 편집장 안나 윈투어의 어시스턴트로 일했다. 이때의 경험에 발칙한 상상력을 버무려 2003년 첫 소설인 이 책을 발표했다. 무려 6개월 동안 《뉴욕 타임스》 베스트셀러에 올랐고, 2003년 한 해 동안 가장 많이 회자된 소설로 꼽히고 20세기 폭스

사에서 영화로 제작되기도 했다. 이런 책을 나는 나온 지 20년이 지나 읽는 것이다.

한국의 《뉴스메이커》 편집장 유인경이 표사에, "베라 왕이 보낸 모피, 베르사체가 보낸 다이아몬드 시계…… 크리스마스 선물만 256개를 받는 럭셔리한 여성. 휴가지에서도 스커트가 필요하면 헬기로 공수 받는 여성. 여왕처럼 군림하며 부와 명예를 누리는 패션지 편집장! 젊은 여성들에겐 꿈같은 존재다. 하지만 당신이 그 편집장이 아니라 마녀 같은 편집장의 어시스턴트라면?

『악마는 프라다를 입는다』는 《보그》 편집장의 어시스턴트였던 작가의 체험담이 살아있는 실화에 가까운 이야기이다. 나는 이 책을 젊은 여성들에게 강추하고 싶다. 여성의 사회진출이 활발한 미국에서조차 꿈을 이루기 위해서라면 피나게 노력해야 한다는 걸 알려주고 싶어서다. 어디서건 사회생활은 결코 녹록지 않다. 차이가 있다면 대한민국 패션지 편집장들은 악마도 아니고, 소설에서처럼 권력을 누리지도 못한다는 것!" 이라고 썼는데 공감하지 않을 수 없다.

한 가지 더 보탤 것이 있다면 재미있다는 것이다. 젊은 여성이 멋지게 치장하고 옆에서 종알종알 대는 것 같은 분위기가 읽던 책 덮기를 어렵게 했다. 그렇다고 의미심장한 말이 있어서 밑줄 긋고 생각해 볼 만한 말이 있는 것도 아니다. 책을 읽다가 뜻을 몰라서 사전을 펼쳐 찾아보아야 하는 그런 성가심도 없었다. 그냥 쫑알대는 여자애의 이야기를 듣고 있으면 되는 것이다. 이렇게 깜찍한 소설이 다 있다니!

어느덧 1권의 마지막 페이지 326쪽 "(2권으로 계속)"이라는 말을 읽고 그만 난감했다. 2권이 내게 없기 때문이다. 2권을 구해볼 것이다. 그래도 궁금해서 하는 수 없이 인터넷을 뒤졌더니 악마인 미란다 프리스틀리, 런웨이 편집장은 물러나고, 자기가 있던 그 대단한 자리에 친구이자 동료인 나이젤을 버리고 자기의 오랜 숙적이었던 재클린을 앉히자 그 모습에 실망한 앤드리아 삭스는 어시스턴트를 그만 둔다.

앤드리아가 일에 충실하느라 헤어졌던 남자 친구 알렉스 파인맨, 대학 시절부터 앤드리아의 옆을 지켜온 그와 다시 만나게 되고, 언론사 저널리스트 면접을 본다. 그때 악마 미란다로부터 한 통의 팩스가 언론사로 전해진다. "내게 큰 실망을 안겨준 비서다. 하지만 그녀를 채용 안 하면 당신은 더 멍청이다." 런웨이를 떠나도 그는 파워 있는 악마였다. 그렇게 해서 앤드리아는 저널리스트가 되었다.

어느 날 런웨이 회사 근처를 지나가다가 먼발치에서 한때는 자기가 모셨던 미란다를 보게 된다. 두 사람은 서로 눈이 마주치게 되고 앤드리아는 고맙다는 인사로 고개를 끄덕인다. 미란다는 차 안에서 가벼운 미소를 띠고…… 그렇게 끝난다고 한다.

줄거리를 알지만 구할 수 있으면 2권을 구해서 읽고 싶다. 이런 매력을 가진 소설을 만나기가 쉽지 않겠다. 꼭 구해서 나 혼자 키득거리면서 읽어야지, 그 싱싱하고 통통 튀는 말들을 들으며 즐거워해야지…… 아! 소설의 재미, 재미의 소설이 이런 것이구나. 참 나! 내게는 소설의 재발견이다.

25 주
2023. 06. 25.

도도한 전문인의 필독서

Lauren Weisberger, 서남희 옮김, 『악마는 프라다를 입는다 2』, 문학동네, 2006(1판 7쇄).

인터넷 중고 서점을 통하여 발행된 지 오래된 이 책을 구입했다. 1권은 1판 8쇄였는데, 2권은 7쇄다. 그건 뭐 그리 중요한 게 아니고, 책을 구입하기 전에 2권의 결말이 궁금해서 인터넷을 찾아 줄거리를 살펴보았는데, 그것은 영화의 줄거리였다. 소설 원문은 마무리가 전혀 달랐다. 2권을 읽지 않았으면 책의 줄거리를 다르게 이해할 뻔했다. 옛날 대학원 다닐 때 논문과 관련해서 원문 강조, 재인용 확인 등의 말이 떠올랐다.

1권의 서평 마지막에 쓴 것과 달리, 앤드리아는 파리 패션 쇼에 미란다와 동행하게 되었다. 수석 어시스턴트 에밀리의 눈병 감염 때문에 대신 가게 된 것이다. 앤드리아는 그야말로 잘 해보려고 애썼다. 1년 근무에 11개월을 지냈으니 어떤 일이 생겨도 견뎌낼 것이고, 그는 그 쌀쌀한 미란다의 깊은 사랑으로 언론사 저널리스트가 될 줄 알았다. 그런데 폭발해 버렸다. 파리로 와야 하는 쌍둥이 딸들의 여권이 만료되었다며 세 시간 안에 여권을 갱신하라는 명령을 받는다.

"'앤-드리-아, 지금 무슨 짓을 하고 있는지 알고 있어? 이런 식으로 여길 떠난다면 나는 어쩔 수 없이 당신을……' '나쁜 년, 엿이나 처먹어.' 그녀는 남들에게 다 들릴 정도로 숨을 헐떡거렸고, 너무 놀란 나머지 손으로 입을 가렸다." (303~304쪽) 그는 그렇게 1년을 채우지 못하고 미란다의 어시스턴트에서 물러나지 않을 수 없게 된다. 잘린 것이 아니다. 박차고 나온 것이다. 이 한마디에 11개월의 설움과 고달픔을 다 담아내고 당당하게 나오는 것이다.

그는 부모가 있고, 사이가 좀 벌어진 남자 친구 알렉스가 있고, 특히 교통사고로 의식을 잃을 뻔한 릴리 곁으로 돌아왔다. 그때 그는 《세븐틴》지의 편집장으로부터 그의 작품을 잡지에 게재하겠다는 연락을 받는다. 그의 앞날이 열린 것이다. 미란다의 어시스턴트로 있을 때 얻어 온 옷들을 처분하여 글만 쓰는 생활을 시작하게 된 것이다. 영화의 결말보다 더 괜찮다는 생각이 든다. 참을 수 없는 모욕을 견딜 수가 없었던 젊음이 있었다.

영화는 미란다가 선심을 베풀어 저널리스트가 되도록 되어주어 힘 있는 자의 아량을 내세웠지만 원본 책은 젊음이었다. 영화는 악마 편을 들었다. 도도한 편집장의 태도를 견딜 수 없었던 것이다. 뉴스메이커 편집장이 표사에서 젊은 여성에게 강추하고 싶다고 했는데 나는 젊지 않고 권력을 가진 도도한 여성들이 꼭 읽었으면 좋겠다는 생각이 든다. 제가 아무리 힘들여 높은 자리에 오르고 힘을 가졌다 해도 아무에게나 마구 해도 되는 것은 아니기 때문이다.

무슨 뜻인가? 궁금했던 소설의 제목이 소설의 끝에서 의미를 전해준다. 그녀는 악마였다는 것을…….

26 주
2023.
07. 02.

오케스트라가 이룬 혁명

체프 보르사치니, 김희경 옮김, 『엘 시스테마, 꿈을 연주하다』, 푸른숲, 2010.

한 사람의 아이디어와 한 사람의 노력이 무엇을, 얼마나 바꿀 수 있겠느냐가 궁금한 사람들이 이 책을 읽으면 그 궁금증을 어느 정도 해소할 수 있지 않을까 하는 생각이 든다. 보통 사람들의 생각으로는 도저히 불가능하겠다고 생각하지 않을 수 없는 일의 성공 사례를 보여주고 있기 때문이다. "엘 시스테마에서는 솔로이스트의 개성보다 그룹의 조화가 우선이다. 다시 말해 오케스트라는 아이들에게 사회화의 무대를 제공하는 것이다."(132쪽) 이 책의 많은 페이지에는 놀람이 빽빽하게 들앉았다.

오래전에 읽은 책을 경남 거창 윈드 오케스트라 단원들 앞에서 강연할 일이 생겨서 다시 읽었다. 오케스트라 단원들의 관심은 오케스트라 연주에 있을 것이라고 판단했기 때문이다. 그 감동은 여전하다. 처음 읽을 때에 비해 전혀 모자라지 않다. 오히려 보이는 게 더 많았다. 어떤 책이라도 두 번째 읽으면 첫 독서에서 보지 못한 것을 보게 된다. 음악으로 이른바 혁명을 완수한 엘 시스테마도 사소한 것에서 출발되었다. 위대한 것의 출발은 언제나 단순한 것이었다. 엘 시스테마도 예외가 아니었다.

"바순을 연주하던 산타카피야가 학교를 졸업할 무렵 그 친구가 선생 중 한 사람인 체코 출신 음악가에게 베네수엘라 심포니 오케스트라에 자리를 알아봐줄 수 있느냐고 물었습니다. 그랬더니 선생이 이렇게 말했어요. '이봐, 그 오케스트라에 들어가려면 거기 멤버 중 하나가 죽거나 자살을 해야 해.' 그 친구는 졸업식 날 호세 안토니오와 우리 앞에서 악기를 집어 들더니 석유를 끼얹고 불을 질러버렸어요. 이것이 호세 안토니오가 그 여덟 명의 청년들과 함께 후안 호세 란다에타 국립 청소년 오케스트라를 만든 이유였지요."(46쪽)

그리고 엘 시스테마가 성공한 이유도 너무도 간단하다. "1976년 2월 2일에 만든 슬로건 '연주하라 그리고 싸워라(Play and Fight)'의 실천이었다. 그리고 오로지 연습이었다. 어느 정도의 연습이냐? 얼마나 연습을 했던지 라틴아메리카 지역을 공연할 때 갑자기 정전이 된 적이 있었는데, 그 완벽한 어둠 속에서도 오케스트라는 순전히 기억에만 의존해 공연을 무사히 마쳤다."(41쪽) 그리고 또 한 가지, 언젠가 음악을 하는 한 무리의 학생들이 브람스에게 어떻게 하면 더 잘 연주할 수 있느냐고 묻자 브람스가 이렇게 대답했단다. “매일 한 시간 덜 연습하는 대신 그 시간에 좋은 책을 읽어라.”(248쪽)라는 것들이 이 책에 들앉은 놀라운 내용이다.

이 책이 이룬 일은 거창하지만 내용은 비교적 간단하게 요약할 수 있다. 1975년 경제학자이자 음악가인 호세 안토니오 아브레우는 음악을 통해 새로운 베네수엘라를 만들겠다는 꿈을 안고 여덟 명의 젊은 음악가를 모아 최초의 국립 청소년 오케스트라를 창립했다. 빈민가의 차고나 창고를 전전하며 연습하던 오케스트라는 국내외에서 성공적인 공연을 치르며 규모를 키워갔고, 오케스트라 멤버들은 전국 각지에 음악교육센터를 세워 빈민가 아이들에게 악기 연주를 가르치기 시작했다. 이 전국적인 음악 교육 네트워크는 1979년 베네수엘라 국립 청년 및 유소년 오케스트라 시스템 육성 재단이라는 이름으로 정식 설립되었고, 이 조직의 약칭이 엘 시스테마다.

엘 시스테마는 지난 35년(2010년 기준)간 30만 명의 아이들에게 무료로 악기를 나눠주고 음악을 가르쳐왔다. 그 가운데 60% 이상이 사회 경제적 빈곤 계층으로 가난과 폭력·마약에 무방비 상태로 노출되어 있었다. 그러던 아이들에게 소속감을 주고 질서, 책임과 의무, 배려 등의 가치를 익히게 해 건강한 사회 구성원으로 살아갈 수 있는 바탕을 마련해 주었다. 아이들이 겪은 획기적인 변화는 그 가족과 이웃에게까지 전해져 가난과 폭력으로 얼룩져 있던 베네수엘라를 세계가 주목하는 문화의 중심지로 탈바꿈시켰다.

이것이 이 책의 줄거리다. 성공한 사례를 강조하기 위한 책의 구성은 그리 차분하진 않다. 차례가 28페이지에 나오도록 여는 글, 작가의 말, 프롤로그 세 개가 있다. 장황한 수다가 이어진다고 해도 괜찮을 듯하다. 그다음 차례가 나온다. 1. '오케스트라의 나라', 2. '음악으로 미래를 선물하다', 3. '엘 시스테마의 절정', 4. '엘 시스테마, 세계를 움직이다', 에필로그로 두 꼭지가 나오고 옮긴이의 말로 마무리된다. 내용은 장엄하고 위대했지만 그것을 전하는 책의 기술은 그에 따르지 못한 감이 없지 않다.

각 장에 나오는 다음 인용문이 이 책의 기둥이다.

1장에서,

"엘 시스테마는 단지 음악을 다루는 사람의 숫자만 늘려놓은 것이 아니다. 이 모델은 베네수엘라 음악의 수준을 몇 단계나 높여놓았다. 연주자, 작곡가, 음악 교사, 오케스트라 감독과 솔로이스트가 이전보다 더 중요해졌고, 높은 급여를 받는 직업이 되었다. 그들이 사회적으로 소외되거나 낮은 평가를 받는 일이 사라졌다." (33쪽)

2장에서,

엘 시스테마에 들어온 아이들의 음악 여정

“우선 두 살부터 네 살까지의 유아들을 대상으로 하는 오케스트라에 들어간다. 그다음으로 다섯 살에서 여섯 살까지의 취학 전 어린이로 구성된 오케스트라, 일곱 살에서 열다섯 살까지의 아이들이 모인 어린이 오케스트라, 열다섯 살에서 스물두 살까지의 아이들이 속한 청소년 오케스트라를 거쳐 마침내 스물두 살 이후에는 이 음악적 궤도의 정점인 프로페셔널 레벨에 이른다. 이 단계에서는 각 지역의 심포니 오케스트라 중 한 곳에 들어가거나 남들보다 과정을 특출하게 잘 밟아온 경우 시몬 볼리바르 청소년 오케스트라에 입단하게 된다.” (86쪽)

엘 시스테마 디자인의 두 가지 근본적인 원칙과 목적

“1. 공부하고, 일하고, 즐기고, 그룹으로서 성공하고, 가족이 단합하고, 개인적 행복을 누리고, 정체성을 형성하고, 어린이와 청소년이 처한 사회경제적, 신체적 조건과 무관하게 모든 사람이 참여하고 통합될 수 있는 기회와 즐거움을 가장 넓은 의미에서 민주화하고 확장하는 것.

2. 아이가 배움과 음악 활동으로 가족과 교사, 동급생 공동체, 이웃, 그들이 태어나서 사는 지역을 포함한 전체 사회라는 모체에 연결되고 이를 통해 사회에 대한 영향

력과 기여를 늘려나갈 것.”(129쪽)

3장에서,

“지난 30년간 시몬 볼리바르 청소년 오케스트라가 빚어낸 소리는 어떤 것이었을까? 마에스트로 에드가 사우메는 단호하게 ‘날마다 더 좋아지고, 매 순간 더 나아지는 오케스트라’였다고 말했다.”(166쪽)

4장에서,

“베네수엘라는 엘 시스테마를 통해 음악, 예술 및 사회적 교육 모델의 개척자가 되었고, 중장기적으로 측정 가능한 결과를 지닌 사회문화적 교육모델의 수출국이 되었다. 베네수엘라는 이제 아메리카 대륙에서 문화 운동의 선봉에 서 있다.”(225쪽)

에필로그에서,

아브레우 박사는 2009년 2월 TED가 수여하는 ‘테드 프라이즈’를 수상한 뒤 인터뷰에서 테레사 수녀의 말을 인용해 이렇게 말했다.

“가난과 관련하여 가장 참담하고 비극적인 일은 일용할 양식이나 거처할 공간이 부족한 것이 아닙니다. 스스로가 아무것도 아니라는 느낌, 아무것도 안 될 거라는 느낌, 존재감의 부재, 공적인 존중의 부재야말로 가장 비참한 일입니다.”(268쪽)

결론은 상식적인 수준에 있는 것이다. 연주의 실력은

연습에 있다는 것, 꿈을 가지면 이룰 수 있다는 것 등을 확인하는 것이다. 그리고 무엇보다도 중요한 것은 음악은 음악으로만 이루어지는 것이 아니다. 미술이나 문학이라는 다른 예술 장르와의 교류가 매우 중요하다. 음악이라는 틀이 아니라 예술이라는 틀로 접근해야 한다는 것이다.

27 주
2023.
07. 09.

삶은 죽는 날까지 자신을 계발하는 과정

백혜선, 『나는 좌절의 스페셜리스트입니다』,
다산북스, 2023.

피아니스트 백혜선, 한국이 낳은 우리 시대 최고의 피아니스트, 차이콥스키 국제 콩코르에서 1위 없는 3위라는 성적으로 한국인 최초로 상위 입상, 서울대 음대 최연소 교수로 임용(1995~2005), 10년 뒤 서울대 교수직을 박차고 미국으로 떠난 사람. 온통 매력덩어리다. 피아니스트로서 연주야 말할 것도 없겠지만, 서울대 교수를 박차고 나가는 사람, 그에게 무슨 괴로움이 있고 더 바랄 것이 있느냐 싶다.

그런데 백혜선을 그렇게만 아는 것은 너무나 피상적이다. 피아니스트가 되기 위한 그의 눈물겨운 여정은 모르기 때문이다. 흔히 결과보다 과정이 중요하다는 말을 하지만 백혜선은 알고 보면 참으로 훌륭한 사람이다. 내가 '훌륭' 이라는 말까지 쓰는 것은 몇 가지 이유가 있다. 첫째, 피아니스트가 되기 위한 노력과 좋은 연주를 위한 연습량. 둘째, 좋은 연주가 피아노 건반을 잘 치는 기술에만 있는 것이 아니라 독서와 글쓰기를 통한 교양의 배양에도 있었다는 점이다. 그것이 비록 러셀 셔먼과 변화경이라는 걸출한 스승의 가르침이었다 해도…….

2012년 3월 29일 목요일 저녁 7시 30분, 나는 '백혜선 피아노 리사이틀'이 열리는 대구 수성아트피아 용지홀에 있었다. 드뷔시의 〈영상〉, 메시앙 〈꾀꼬리〉, 베토벤 〈소나타 31번〉, 쇼팽 전주곡 24개 전곡이 연주되었다. 연주 시간만 75분. 이 리사이틀에서 피아노 연주를 모르는 내가 놀란 것은 두 가지였다. 그 시간 내내 백혜선은 페이지 터너 없이 연주를 했다. 커튼콜을 세 번이나 받아주면서 그날 처음 연주한 드뷔시 불후의 명곡 〈달빛〉에 영감을 준 베르렌의 「달빛」이란 시를 직접 낭송하기도 했다.

나는 정말 놀랐다. 그 인상이 하도 오래 남아서 그의 이 책이 나왔다는 소식을 접하고 즉각 구입하여 읽었다. 백혜선 그는 정말 장하다. 『나는 좌절의 스페셜리스트입니다』란 책은 피아니스트의 책답게 4부로 나누면서 제1악장으로 시작하여 제4악장으로 끝난다. 제1악장은 「좌절의 기쁨」, 제2악장 「다시, 연습이다」, 제3악장 「인정받지 못하는 순간이 찾아와도」, 제4악장 「종착역 없는 행진」으로 이 제목들만 연결하면 스토리를 짐작할 수 있도록 꾸며졌다.

이 책을 읽어가며 나는 아래와 같은 말에 밑줄을 그었다.

제1악장에서, "도내 콩쿠르에 나가기로 하고 주어진 곡은 모차르트의 〈작은 별 변주곡〉, '콩쿠르에 나가려면 틀리지 않고 백 번은 쳐봐야 해.' 추승옥 선생의 말이었다. (중략) 지금 생각하면 초등학교 2학년생한테는 상당히 혹독한 과제였는지 모르겠다. 하지만 어리숙했던 나는 음악하는 애들은 다 이러고 살려니, 하면서 그 과제를 충실히 이행했다. 선생님이 있든 없든 스스로 연습하면서 거짓으로 횟수를 올리는 일도 저지르지 않았다. 그렇게 백 번을 채우는 데 넉 달이 걸렸다."(64쪽) "모든 피아니스트는 좌절에 이골이 난 사람들이다. 그리고 백혜선이 누구인가, 나는 좌절의 스페셜리스트다."(80쪽)

제2악장에서 러셀 셔먼과의 대화 "연주자한테 연주 말고 필요한 게 뭐라고 생각하나?" "잘 모르겠어요……" "연주자한테 연주 말고 필요한 것은 전부 다 EVERYTHING이야! 자네가 말하는 것, 생각하는 것까지 모두, 음악에서 연주는 아주 일부에 불과하네. 음악을 이루는 것은 1퍼센트의 음악적 요소와 99퍼센트의 비음악적 요소라네."(120~121쪽)

제3악장에서 "네가 피아노로 무슨 이야기를 하고 싶은지 모르겠어. 또박또박 글을 읽는다고 해서 책을 읽는

게 아니잖니, 의미가 전해지지 않는데, 음악에 너 자신을 담지 않을 거면 뭐 하러 굳이 네가 연주를 하니? 남들하고 똑같이 치는데 말이야."(161쪽)

"연주를 바로 앞두고 대기실에서는 에세이나 시집을 읽는다. 옥타비오 파스나 윌리엄 버틀러 예이츠, 엘리자베스 비숍, 알렉산드로 푸시킨이 내가 즐겨 읽는 시인들이다. 곧 연주할 곡들과 맞아 떨어지는 글을 의식적으로 읽을 때도 있다. 이때 너무 감정을 건드리는 글을 읽어서는 곤란하다. 무대를 앞두고 있는 만큼, 풍경을 이야기하여 마음의 안정을 찾을 수 있거나 머릿속에 새로운 영감을 던져주는 글이 좋다."(169~170쪽)

"반드시 하지 않는 유의 루틴 1. 시끄러운 장소에 절대 가지 않는다. 2. 연주 전에는 어떠한 감정도 나에게 개입하지 않도록 하기 위해 사람을 만나지 않는다. 연주를 스물네 시간 앞두었을 때는 내 아이들조차 만나지 않는다."

제4악장에서 "교수, 연주자, 엄마로서의 1인 3역이 너무 힘들었고 그 무엇도 제대로 수행하고 있지 못했다. 그리고 만약 하나를 버려서 나머지 둘이라도 제대로 할 수 있다면 내가 무엇을 버려야 하는지는 명확했다. 서울대를 그만두려고 했을 때 제일 반대했던 사람은 엄마였다. 학교를 떠나 미국으로 돌아가기로 하는 순간, 당연한 수순으로 이혼이 따라오리라는 것을 미리 짐작했을지도 모

른다." (243쪽)

"젊었을 때와는 달리 반드시 큰 무대에 서고 싶다는 마음도 이제 없다. 더 이상 그런 것은 중요하지 않아졌다. 단 한 사람이라도 내 연주를 진정으로 들어주는 관객 앞이라면 그걸로 족하다. 나는 선생의 입장에도 서 있기에, 내가 못다 한 것은 나의 후배나 제자들이 한다면 충분하지 않을까 생각한다." (281쪽)

그의 음악 인생이 가르쳐 주었다는 말, 삶이란 죽는 날까지 자신을 계발하는 과정이라는 말에는 인간이라면 수긍해야 할 것이고, 단 한 사람이라도 내 연주를 진정으로 들어주는 관객 앞이라면 그걸로 족하다는 말은 연주자들이 새겨야 할 말인 듯하다. 그는 그렇게 살아가는 것처럼 보인다. 아들과 딸을 하버드에 입학시킨 엄마가 되었고, 뉴잉글랜드 음악원의 교수가 되었다. 큰 것을 버릴 줄 알아서 더 큰 것을 얻었다. 그것은 좌절을 겪은 힘에서 왔을 것이다. 그러면…….

28 주
2023.
07. 16.

예술, 약과 같은

마르쿠스 틸, 홍은정 옮김, 『마리스 얀손스 평전』,
풍월당, 2021.

'음악에 바친 열정적인 삶' 이란 부제가 붙은 오케스트라 지휘자 마리스 얀손스의 평전이다. 특정한 인물을 형상화하기 위해 글쓴이가 인물과 관련된 자료나 정보를 선정하고 해석하여 이를 평가와 함께 서술한 글이다. 이 책의 저자 마르쿠스 틸은 음악비평가로 얀손스가 바이에른방송교향악단의 상임지휘자로 뮌헨에 온 2003년에 처음 만났고, 그때부터 오케스트라 투어에도 동행하며 현장에서 직접 얀손스를 지켜보고 따로 만나 대화도 나누었다. 5~6년간의 긴 설득 끝에 간신히 얀손스의 동의를 얻어내는 데 성공, 이 책을 집필할 수 있게 되었다.

마리스 얀손스는 1943년 1월 14일 라트비아의 리가에서, 지휘자 아버지와 메조소프라노 어머니 사이에서 태어났다. 1968년 레닌그라드 필하모니에 데뷔했고, 헤르베르트 폰 카라얀과 처음 만났다. 언제나 음악에 둘러싸인 분위기에서 성장했고, 1971년 카라얀 지휘 콩쿠르에서 2등 수상을 한 후 지휘자로서만 살았다. 이후 오슬로 필하모닉(1979~2000), 피츠버그 심포니 오케스트라(1997~2004), 콘세르트헤바우 오케스트라(2004~2015), 바이에른방송교향악단(2003~2019)을 책임지고 이끌었다. 1996년 4월 24일, 오슬로 콘서트하우스에서 세미 스테이지 형식으로 자모코 푸치니의 〈라 보엠〉 공연 중 심근경색으로 쓰러졌다. 그 후 병을 관리하면서 지휘자와 문화행정가 역할을 잘 해오다가 2019년 12월 1일 이른 아침 세상을 떠났다.

평생을 지휘자로 살아온 그는 "자기 이미지를 왜곡하려 해서는 안 돼요. 권위를 내세워 그럴듯하게 포장하려 하면, 연주자들은 그것이 가짜라는 것을 금방 알아채죠. 그렇게 되면 상황은 더 나빠져요. 지휘자가 독단적으로 굴면, 오케스트라 단원들은 금방 눈치챕니다."(420쪽)라는 신념을 가지고 있었고 "음악적으로는 차별을 두었지만, 인간적으로는 그러지 않았다."(421쪽)고 한다. 클래식 음악에 대해 잘 알지 못하는 내가 마리스 얀손스를 알게 된 것은 빈 필하모니의 2012년 신년 음악회 때부터다. 빈 신년 음악회에 참여한 태창철강 유재성 회장께서 현지에서 신년 음악회 CD를 사서 부쳐준 것이 계기가 되었다.

33개의 파트로 나누어진 이 책에서 23번에 「빈 신년 음악회」가 있는데 그것이 내겐 가장 흥미로운 부분이다.

음악회의 앙코르로 요한슈트라우스 2세의 〈아름답고 푸른 도나우〉와 요한 1세의 〈라데츠키 행진곡〉이 연주된다. 해마다 5천만 명 이상이 TV로 시청한다는 빈 신년 음악회를 마리스 얀손스는 세 번이나 지휘했다. 이벤트 전통에 따라 요한 2세의 〈유람 열차〉에서는 나팔로 경적을 울리기도 하고, 에두아르트 슈트라우스 〈특급 우편〉이 시작되기 전에는 사환이 카펠 마이스터 지휘봉이 든 작은 상자를 무대 위로 가져다 준다. 얀손스가 양복을 더듬으며 팁을 찾는가 싶더니 옆에 있는 바이올린 주자의 윗옷 주머니에서 지폐 한 장을 꺼내 건네는 이벤트를 펼치기도 했다.

그는 신을 믿고 운명을 믿었다. 그래서 "예술과 종교가 인간이 실수하지 않도록 보호하고 있다고 믿"(228쪽)었고, "종교와 예술이 우리를 치유할 수는 없겠지만 우리에게 약과 같은 존재라고 이해하면 될 것 같"(228쪽)다고 했다. 그의 위대함은 솔직함에 있었고, 오케스트라 앞에 있는 그대로의 모습으로 서는 것이었다. 일부러 꾸미는 것은 음악이 아니었고 예술이 아니었다. 우리 모두도 같다. 자기의 일에 최선을 다하며 솔직하게 자신을 풀어놓는 것이 장한 일이 되는 것이다.

29 주
2023.
07. 23.

진실은 뇌물을 먹일 수 없다

김은국, 도정일 옮김, 『순교자』, 문학동네, 2011(1판 3쇄).

김은국의 『순교자』는 1967년 한국계 미국 작가로는 처음으로 노벨문학상 후보에 올랐다. 이 사실이 이 소설에 관심을 집중시켰는데 그래서인지 번역판만 해도 1964년 장왕록 번역, 1990년 저자 자신, 그리고 이 책 '문학동네'의 도정일 번역이 있다. 1962년 아이오와대학의 석사학위 청구용으로 제출된 작품이 2년 후에 『순교자』의 모태가 되었다고 한다. 1964년 연극으로, 1965년 영화가 되기도 하고 오페라로 제작되기도 했다.

저자 김은국은 1932년 함흥에서 태어나서 2009년 6월 메사추세츠 자택에서 암으로 세상을 떠났다. 평양고등보통학교에 다니던 중 월남, 목포에서 고등학교를 마쳤다. 1950년 서울대 경제학과에 입학했지만 6.25 전쟁이 터지자 군에 입대했고, 제대 후 미국으로 건너갔다. 1964년 첫 소설 『순교자』를 발표해 미국 언론과 문단의 호평을 받았다. 1981년 플브라이트 교환교수로 귀국, 서울대학교 영문학과에서 3년간 영국문학과 미국문학을 강의하기도 했다.

『순교자』는 6.25 전쟁에 직접 참전한 작가가 그 6.25 전쟁에 관한 소설을 썼다는 사실만으로도 충분히 주목받을 만하다. 육군 특무대의 이 대위, 육군본부 파견대 정보국장 장 대령은 6.25 당시 12명의 목사가 평양에서 순교한 사실을 조사하게 된다. 그런데 이 대위는 순교자들의 신앙과 순교의 의미를, 장 대령은 애국적인 관점에서 국가주의적 관점으로 접근하여 같은 사건을 다른 시각으로 접근한다. 사건의 핵심은 14명의 목사가 체포되어 12명이 순교하고 신 목사와 한 목사가 생존하게 되었는데 이들이 생존하게 된 이유를 찾는 것이 줄거리다.

목사들이 처형당하는 과정에서 한 목사는, 박 목사가 기도를 거부한 사실에 충격을 받고 정신이상자가 되어 사형은 면했으나 폐인이 된다. 박 목사는 이 대위의 친구인 해병대 박 대위의 아버지다. 박 대위는 아버지가 독선적 광신자였으므로 의절했으나 진실을 알고는 정신적으로 화해한다. 신 목사는 배신자라는 많은 의혹 속에 신도들의 집단항의를 받지만 12명의 처형을 목격한 공산군 정 소좌가 체포되고, 그의 실토에서 목사들이 비굴하게 죽었으나 오직 신 목사만이 당당하게 공산당원에 저항하여 오히려 죽음을 면하였다는 진상이 밝혀진다.

그리고 신 목사가 중공군 개입으로 어려움에 처한 피난민 신도들에게 헌신적으로 봉사한다. 이 대위와 장 대령이 서울로 피난하기를 강력하게 권했다. 그러나 신 목사는 피난을 가지 않고, 병든 몸으로 절망에 빠진 신도들과 노약자들을 보살핌으로써 그의 고결한 인간애 정신을 행동으로 옮긴다. 군의관 민 소령의 인간주의의 실천, 이 대위의 인간주의를 수호하는 지성, 신 목사의 숭고한 교역자상이 이 소설의 줄거리를 단단하게 움켜쥐고 있다.

『순교자』는 6.25 전쟁이라는 위난의 역사적 상황에서 인간주의가 어떻게 구현되는가를 보여준다. 그러면서 이 시대가 필요로 하는 진지한 도덕적 책임을 추구하고 있다. 이것이 걸작으로 평가되는 이유다. 주제가 무거워서 읽기가 만만치는 않았다. 그러나 6.25 전쟁에 관한 구체적 상황 묘사가 6.25를 생동감 있게 기억하게 해준다. 책을 덮으며 다시 펴보는 밑줄 가운데, 진실을 추구하는 이 대위가 한 말은 "진실은 뇌물을 먹일 수 없는 겁니다."(85쪽)와 "순교자는 하느님의 뜻에 봉사하는 것이지, 인간의 일시적 필요에 봉사하는 게 아냐."(149쪽)라고 군목이 장 대령에게 한 말이 뚜렷하게 들리는 듯하다. 이 소설의 핵심 문장이 될 것 같다.

30 주
2023. 07. 30.

복선화음福善禍淫[7)]

김만중, 류준경 옮김, 『사씨남정기』, 문학동네, 2014.

『사씨남정기』는 조선 숙종 연간에 서포 김만중(1637~1692)이 한글로 지은 소설이다. 작자는 이 외에도 『구운몽』, 『서포만필』 등을 남겼다. 한글로 쓴 문학이라야 진정한 국문학이라는 국자의식國子意識이 분명했다. 인현왕후 민씨의 폐위를 반대하다가 1689년에 남해로 유배되어 그곳에서 삶을 마감하였다. 『사씨남정기』는 귀양지에서 흐려진 임금의 마음을 참회시키고자 창작되었을 것으로 추정된다. 『구운몽』은 어머니를 위로하기 위하여 쓴 소설이었다.

이 작품은 주인공 사정옥, 즉 사씨가 모함을 받고 쫓겨나 남쪽 지방 여기저기를 떠돌아다닌 이야기로 등장인물과 스토리의 전개에 따라 12회로 구성되어 있다. 유연수

7) 착한 사람에게는 복을 주고 악한 사람에게는 재앙을 준다.

가 첩 교씨의 모함에 속아 착한 본처 사씨를 내쳤으나, 교씨의 12가지 음모가 발각되어 처형당하고 유연수는 다시 사씨를 맞이하여 행복하게 살았다는 이야기다.

이 소설에서는 '12' 라는 숫자가 교묘하게 얽히고 있다. 12회로 구성된 이야기에는 핵심 인물과 주요 스토리가 적절하게 조합되어 있다는 것이 그렇고, 교씨가 저지른 죄목을 12가지로 만든 것도 그렇다. '12' 라는 숫자를 상당히 의식한 구성과 내용이다. '12' 는 그리스 신화의 신의 수, 성경 속 예수 제자의 수, 1년 12달, 12년을 주기로 반복되는 십이지 등 우리 삶에 밀착되어 있다. 또 '12' 는 하나님, 정복, 신적 질서, 제자, 다스림, 권위를 상징하는데, 12가 상징하는 의미들이 이 소설에서 복합적으로 드러난다.

이 소설에서 사씨가 하는 "푸르고 푸른 하늘이여! 무엇 때문에 나로 하여금 이런 지경에 이르게 하였는가? 옛사람의 복선화음福善禍淫이라는 말도 헛소리가 아닌가?" (114쪽) 이 말이, 사씨의 한탄이기도 하지만 인간 세상에서 사라지지 않을 원망의 말이 아닐까 생각된다. 누구라도 이런 말 한두 번쯤 내뱉었을 것 같다. 하늘이 해서는 안 될 짓을 하는 인간들을 철저하게 벌한다면 우리 사는 세상은 분명 달라질 것이다. 이 소설의 작자 김만중은 임금을 바른 길로 이끌려다 유배를 갔고 그 유배지에서 이 소설을 썼다. 그렇다면 이 말이 어찌 소설 속 사씨의 말로만 치부될 수 있겠는가!

교씨의 죄목은 그 조작이 너무나 끔직하고 인간으로서는 정말 할 수 없는 죄였다. 스스로 자기 아들을 죽인 일이라든지, 사씨의 아들 인아를 물에 던지게 한 것이나, 적을 보내 유연수를 해치려 한 것 등은 그 어떤 벌로도 용서 받기 어려운 일이다. 작자는 교씨를 왜 이렇게 나쁘게 몰아갔을까? 세상에서 가장 큰 죄는 사람의 목숨을 해하는 일인데, 숙종이 인형왕후 민씨를 폐위시키고 희빈 장씨를 계비로 삼는 것이 이 정도로 나쁘다는 사실을 강조하기 위한 소설적 장치로 보인다.

권선징악勸善懲惡의 교훈적 목적이 뚜렷한 고소설인 『사씨남정기』는 한글본, 한문본이 존재하고 이본이 180여 종이나 되는 것으로 보아 매우 인기가 있었다. 특히 한글로 창작된 소설을 그의 종손從孫 김춘택金春澤이 1709년 한문으로 번역하면서 그 의미를 "이 작품이 착한 마음을 일으키고, 사악한 내용을 징계하는 효용이 있으니 다른 소설들과 같은 자리에서 논할 수 있겠는가."라고 극찬했는데, 그보다는 한글 소설을 한문으로 번역한 문화사적 의미가 더 크게 보인다. 고소설이 있고서야 신소설, 현대소설들이 있을지니, 지나쳐 버리면…….

31 주
2023.
08. 06.

전쟁의 비참함을 일기로 쓴 편지, 편지로 쓴 일기

안네 프랑크, 배수아 옮김, 『안네의 일기』,
책세상, 2022(초판 2쇄).

1942년 6월 12일

"앞으로 너에게 모든 것을 다 털어놓을 수 있으면 좋겠어. 지금까지 내가 알던 그 누구보다 더 가까운 사이가 되었으면 해. 너를 든든하게 의지할 수 있기를 진심으로 바란단다."(9쪽)

1944년 8월 1일 화요일

"여기서 너에게 솔직하게 털어놓는다면, 난 이렇게 고백할 수밖에 없어, 사람들의 비난이 나에게는 큰 상처가 되었고, 난 변하기 위해서 정말 힘겹게 노력했노라고, 하지만 내가 맞서야 하는 상대는 나보다 엄청나게 힘이 셌다고 말이야. (중략) 나쁜 안네를 밖으로 하고 좋은 안네를 다시 안으로 넣어버리는 거야. 그런 상태로 계속 방법을 갈구하는 거야, 내가 되고 싶은 안네로 계속 남아있을 수 있는 어떤 방법을, 만약…… 만약에 이 세상에 다른 사람

이 한 명도 없어진다면, 과연 그때는 가능해질까? 너의 안네 M. 프랑크" (467쪽)

이 일기는 이렇게 끝난 것이 아니라 끝날 수밖에 없었다. 1942년 6월 12일에 시작해서 1944년 8월 1일까지, 2년을 조금 넘긴 기간이다. 히틀러가 정권을 장악한 1930년대 초 네덜란드로 이주해 살던 안네의 가족, 네덜란드가 독일에 점령당해 홀로코스트의 시련을 겪게 된다. 13세 소녀가 15세가 될 때까지 낡은 건물 한 모퉁이에 숨어 살며, 열세 번째 생일 선물로 받은 일기장을 키티로 의인화하여 그에게 할 말을 다 쏟아놓은 것이다.

첫날 모든 것을 다 털어놓고, 가장 가까운 사이고, 의지할 수 있게 되기를 바란 꿈이 끝까지 이어졌다. 사춘기 소녀의 성장 과정, 그것이 정상적인 삶의 현장이 아니라 잡혀갈까 숨어 사는 조마조마한 상황 속에서 벌어지는 생활이다. 한 가족만이 아니라 8명이나 되는 구성원 속에서 13세 소녀가 15세가 되는 성장 과정이 녹아있다. 그러나 안네의 일기는 한 소녀의 성장기가 아니라 홀로코스트 비극을 폭로하는 글이 되었다.

끝낼 수밖에 없는 상황에 이르러서 억지로 끝난 글이라서 그 뒤가 궁금하지 않을 수 없다. 이런 독자의 심리를 아는 편집자가 「일기 이후의 이야기」를 실었다. 창고 일꾼의 밀고로 안네 가족은 1944년 8월 4일 네덜란드인 초

록경찰에 체포된다. 여기 저기 감옥과 수용소를 끌려 다니던 마르고와 안네는 1944년 10월 말에 수용소에 창궐한 티프스로 수천 명이 희생되는데 마르고가 먼저, 며칠 뒤에는 안네 프랑크도 그중 한 명이 되었다.

은신처에서 체포된 8명 중에서 유일하게 강제 수용소에서 살아남은 안네의 아버지 오토 프랑크는 1980년 사망할 때까지 딸 안네의 일기와 그 일기에 담긴 뜻을 세상에 알리는 일에 일생을 바쳤다. 1957년 그들이 숨어 살던 암스테르담의 집을 수리해 공공에게 개방하기 위해서 오토 프랑크를 중심으로 하는 일단의 사람들이 안네 프랑크 재단을 건립했고, 은신처를 '안네 프랑크 하우스'라고 이름 붙여 1960년 박물관으로 개관했다.

열다섯 살의 소녀가 쓴 일기장에서 "종교에 대한 본질은 신에 대한 두려움이 아니라 스스로의 명예와 양심을 드높이 세우는 일이기 때문이야." "맑은 양심은 사람을 강하게 만든다!"(450쪽)라는 생각들은 놀라운 수준이다. 그래서 작가나 언론인이 되고 싶었던 소녀, 그녀가 그런 비극을 맞지 않았다면 참 위대한 글을 쓸 수 있었겠다 싶다. 『안네의 일기』만 겨우 읽을 수 있다는 것은, 지구촌의 비극 중 하나가 되지 않았을까 싶다. 전쟁의 비참함을 일깨워주는 문화유산이다.

32 주
2023.
08. 13.

기술이 두렵다, 그래서 미래도 두렵다

유발 하라리, 김명주 옮김, 『호모 데우스』,
김영사, 2017(1판 19쇄).

유발 하라리의 『호모 데우스』는 발간을 기다리던 책이었다. 내가 읽은 책은 초판인데 두 달이 채 안 되어 19쇄를 찍었다. 3부로 꾸며졌다. 서문으로 '한국의 독자들에게' 가 실렸고, 「1. 인류의 새로운 의제」가 실리고 제1부로 들어간다. 1부는 '호모 사피엔스 세계를 정복하다' 아래 「2. 인류세」, 「3. 인간의 광휘」, 2부는 '호모 사피엔스 세계에 의미를 부여하다' 아래 「4. 스토리텔러」, 「5. 뜻밖의 한 쌍」, 「6. 근대의 계약」, 「7. 인본주의 혁명」이 실렸고 3부는 '호모 사피엔스 지배력을 잃다' 아래 「8. 실험실의 시한폭탄」, 「9. 중대한 분리」 「10. 의식의 바다」, 「11. 데이터교」가 실렸고, 그다음 「옮긴이의 말」과 '참고문헌', '찾아보기' 가 실린 갖출 것 제대로 갖춘 편집이었다.

유발 하라리는 이스라엘 하이파에서 태어나, 2002년

영국 옥스퍼드 대학교에서 중세 전쟁사로 박사 학위를 받았다. 현재 예루살렘 히브리 대학교에서 역사학과 교수로 재직 중이다. 그는『호모 사피엔스』로 '사피엔스 신드롬' 을 불러일으키며 45개국에 출간된 세계적 베스트셀러 저자가 되었다.『호모 데우스』, 이 책은 '미래의 역사' 라는 모순어법으로 관심을 끌기도 하지만 인류의 미래와 인간이 신으로 진화할 것인가에 대해 여러 학문의 경계를 넘나들며 탐구하고 있다.

이 책은 결론적으로 '인류는 지금 전례 없는 기술의 힘에 접근하고 있지만, 그것으로 무엇을 해야 하는지 잘 모른다. 다가올 몇십 년 동안 우리는 유전공학, 인공지능, 나노기술을 이용해 천국 또는 지옥을 건설할 수 있을 것이다. 현명한 선택이 가져올 혜택은 어마어마한 반면, 현명하지 못한 결정의 대가는 인류 자체를 소멸에 이르게 할 것이다. 현명한 선택을 하느냐 마느냐는 우리에게 달려있다' 고 한국의 독자들에게 전하는 말을 마무리하고 있다. 기술의 발전을 생각하면 무시무시한 면이 없지 않다.

내가 관심을 가진 영역과 관련해서 그야말로 감짝 놀랄 만한 사실 하나를 알게 되었다. "칼라하리 사막[8]의 쿵족과 북극의 이누이트[9] 집단에 따르면, 인간의 생명은 이름이 지어진 뒤에야 시작한다. 아기가 태어나면 가족들은 한동안 이름을 짓지 않는다. (기형아로 태어났거나 경제적 어려움이 있는 경우) 아기를 기르지 않기로 결정하면 그들은 아기를 죽인다. 이름을 지어주기 전에는 그렇게 해도 살인으로 간주하지 않는다." (263~264쪽)라고 쓴 사실이다.

그 외 다시 펼쳐봐야 할 말로 다음과 같은 글을 메모했다.

"우리가 기아, 역병, 전쟁을 통제할 수 있었던 것은 주로 경이로운 경제성장 덕분이었다." (38쪽)

"인류는 지금까지 이룩한 성취를 딛고 더 과감한 목표를 향해 나아갈 것이다. 전례 없는 수준의 번영, 건강, 평화를 얻은 인류의 다음 목표는, 과거의 기록과 현재의 가치들을 고려할 때 불멸, 행복, 신성이 될 것이다. 굶주림, 질병, 폭력으로 인한 사망률을 줄인 다음에 할 일은 노화와 죽음 그 자체를 극복하는 것이다." (39쪽)

"요즘 들어 사상가와 정치인은 물론 경제학자들조차 GDP(국내총생산 Gross Domestic Product)를 GDH(국내총행복 Gross Domestic Happiness)로 보완하거나 대체할 것을 요구하고 있다." (55쪽)

---

8) 칼라하리 사막: 세계에서 모래가 가장 길게 뻗어있는 곳. 이 사막은 보츠와나 국토의 상당 부분을 차지하고 있으며 나미비아, 앙골라, 잠비아와 짐바브웨에 걸쳐있다.

9) 이누이트(Innuit: 인간)족: 그린란드, 캐나다, 알래스카, 시베리아 등 북극해 연안에 사는 어로, 수렵 인종. 주로 에스키모라고 하는데 이 명칭은 '날고기를 먹는 인간' 이라는 뜻으로 붙인 것이다. 그들 스스로가 부르는 이누이트라고 하는 것이 맞는 표현이다.

“전쟁은 약자를 절멸시키고 강하고 야심찬 자들에게 보상을 내린다. 전쟁은 인생의 진실을 폭로하고, 힘, 영광, 정복에 대한 의지를 일깨운다. 니체는 이런 생각을 ‘전쟁은 인생의 학교이며 나를 죽이지 않는 시련은 나를 더 강하게 만들 뿐이다.’로 요약했다.”(352쪽)

“오래된 금언을 따라 ‘자신을 알고’ 싶다면 철학, 명상, 심리분석에 시간을 낭비하지 말고, 생체 데이터를 체계적으로 수집해 알고리즘에게 분석을 맡겨야 한다. 그러면 알고리즘이 당신이 누구이고 무엇을 해야 하는지 알려줄 것이다. 이 운동의 모토는 ‘숫자를 통한 자기 이해’이다.”(453쪽)

미래가 불확실하고 두렵다는 생각을 하지 않을 수 없다. 인간은 결국 인간의 기술이 만든 인간에게 패배하고 말겠다는 생각이……. 그래도 인간이 이길 것이란 기대가 없지는 않다. 나는 그냥 따라가 볼 수밖에 없지 않은가 싶다. 그래선 안 된다 싶기도 하지만 그 방법 외에는 다른 방법이 생각나지 않는다. 무엇을 어떻게 해야 할지 알 수 없을 때가 가장 두려운 때가 아닌가 싶다.

33 주
2023.
08. 20.

나의 묘비명을 생각하다
- '無學을 한평생 동안 벗어나지 못했다'

윤일현, 『그래도 살아남아 사랑해야 한다』, 시와반시, 2023.

내가 참 미더워하는 시인 윤일현의 산문집이 나왔다. 『그래도 살아남아 사랑해야 한다』라는 제목을 달았다. 책을 다 읽고 다시 한번 뒤적거리며 책의 내용을 이렇게나 정확히 압축한 제목이 또 있을까 싶을 정도로 책 제목이 내용과 밀착돼 있었다. 윤일현의 산문은 언론을 통해서 비교적 많이 읽는 편이라서, 솔직히 책을 받고 이 책을 끝까지 읽을 생각을 하지 않았다. 그냥 쓰윽 한번 훑어보자는 생각으로 책을 펼쳤다.

그런데 '작가의 말' 을 읽고는 생각이 달라졌다. "위선과 허위, 몰염치와 몰상식의 시대다. 상식은 극복과 존중의 대상이다. 상식에 도전하기 위해 시를 쓰고, 상식을 조롱하는 시대와 맞서기 위해 산문을 쓴다." 고 했다. 아하! 그렇구나. 이 말에 잠시 아찔했다. 그렇다. 세상을 지탱하는 힘이 상식이다. 그렇구나. 윤일현의 건전한 상식이, 이유 있는 불만이, 미래 비전에 이런 철학을 깔고 있었구나 하는 생각에 끝까지 읽었다.

4부로 나누어 1부 '문인수 시인을 심고 나서' 는 같이 한 일도 있고, 글 속에 내 이름이 나오는 곳도 있다. 그때 그런 일을 한 심정이 그런 것이구나 싶기도 해서 기대했던 것보다 훨씬 느끼는 게 많다. 윤일현이 책을 많이 읽는다는 것은, 그를 아는 사람들이 모를 리 없지만, 명색이 시조 시인이라고 하는 내가 읽지 못한 시조를 글 속에 인용한 것을 보고, 어! 하지 않을 수 없었다. 내가 아는 시인의 덤덤한 시에서 읽어내는 진심, 작가의 안목이 드러났다.

2부 '묘비명 고치기' 에서는 책 내용과 사회 현상을 접목시키는 작가의 능력이 탁월하다. 책 제목이 된 산문은 1부에 실렸지만, 2부의 사회 현실에서 독자는 '그래도' 라는 접속부사를 더 많이 생각하지 않을 수 없다. 나는 「묘지명 고치기」가 재미도 있고, 느낌도 컸다. 모파상의 단편소설 『고인』을 다시 읽고 쓴 글인데 나는 아직 읽지 못했다. 나의 묘비명, 이제 싫어도 한 번쯤 생각해 봐야 할 것 같다. 내 평생 지어온 시조 3.5.4.3 종장으로 "무학을 한평생 동안 벗어나지 못했다."쯤이면 어떨까.

3부 '국밥 욕보이지 말라' 는 정치권에 대한 쓴소리다. 정치에 대한 지적은 하도 많이 들어서 그게 그것인 것 같은데 윤일현의 글은 어느 쪽으로도 기울어지지 않아서 좋다. 예를 들면 「공멸을 막고 발전하려면」에서 "국민들은 타락한 보수에 절망하고, 세상 물정 모르는 진보에 등을 돌린다."라는 지적, 그렇지 않은가? 진영 논리가 아니라서 미덥다. '너 죽고 나 죽자' 가 아니라 '너 살고 나도 살자' 라서 좋다. 그 외 교육과 유머, 소통에 관한 작가의 주장은 우리가 맞고 있는 현실에서 '그래도' 를 생각해야 할 이유가 된다.

4부 '옛사람의 찌꺼기' 는 짧은 글이다. 글이 짧다고 느낌이 적은 것은 아니다. 소크라테스는 '너 자신을 알라' 고 했고, 피타고라스는 '너 자신을 존중하라' 고 했다고 한다. 이 두 말씀을 접속부사 '그래도' 를 끌고 와서 경상도 버전으로 번역하면 '니 꼬라지를 알아라, 그래도 너라도 너 자신을 존중해야 안 되겠나' 가 되겠다. 「최고가 되려면」의 음악가들 이야기에서 나는 피아니스트 백혜선을 떠올렸다. 내가 읽고 거창 윈드오케스트라 단원들에게 선물한 『나는 좌절의 스페셜리스트입니다』 내용과 비슷한 말들이다. 최고는 그냥 되지 않는다는 것, 그 뻔한 이치를 다시 생각하게 한다.

그렇다. 우리가 어떤 환경에 처해 있어도 우리는 살아남아 사랑을 해야 한다. 여기서의 이 사랑은 '삶' 이란 말로 바꿔 써도 저작권법에 위배되지 않겠다. 책 제목을 넓게 해석해야 할 필요가 있다. 이 책을 읽은 나의 만족도는 93%다. 신성대가 『품격경영』이란 책에서 앞으로의 세상은 "매너가 돈이 되고, 품격이 권력이 되는 시대"가 될 것이라고 했다. 그럴 가능성이 있는가를 의심하고 있었다. 그런데 윤일현이 이 책을 통해서 가르쳐주었다.

이 책의 「예의, 염치와 배려」에서 컬럼비아 대학교 MBA 과정에서 CEO들에게 "당신이 성공하는 데 가장 큰 영향을 준 요인은 무엇인가? 라고 질문했을 때 응답자의 93%가 능력이나 기회, 운이 아닌 '매너'를 꼽았다."고 했다. 93, 그 숫자가 괜히 좋다. 과하지도 모자라지도 않은 그쯤 아닌가. 그 숫자에 끌려 이 책의 만족도를 93%까지만 올린다. 읽는 사람에 따라서 만족도는 더 상승할 수도 있다. 그 수치가 내려갈 가능성은 매우 희박할 것 같다.

세상이 원망스러운 사람들, 이 책 읽으면 울분도 조금 풀리고 '그래도 살아야지' 하는 용기를 얻을 수도 있겠다. 이 책을 읽은 가장 큰 수확은 내 묘비명을 생각해 본 것이다. 이 책은 누구라도 제목만 자꾸 읽어도 용기가 생길 것 같다. 그래서 안 읽어도 책꽂이에 꽂아 놓기만 해도 손해 볼 일은 없겠다. '그래도'라는 접속부사가 이렇게 따뜻할 줄 몰랐다.

34 주
2023.
08. 27.

진지함의 선험성은 무엇일까?

막스 피카르트, 배수아 옮김, 『인간과 말』,
봄날의책, 2021(초판 7쇄).

『인간과 말』, 이 책을 선택하게 된 것은 순전히 제목 때문이다. '낱말' 을 주제로 하여 시조를 짓는 내가 보고도 못 본 체하고 지나쳐버릴 수 있는 책이 아니었다. 그러나 낯설었다. 특히 작가가 낯설었다. 옮긴이는 소설가이면서 번역가라 번역한 책을 읽어서 낯설지는 않았다. 작가이자 철학자 막스 피카르트(1888~1952)는 스위스에서 태어나 의학을 전공하여 의사가 되었지만 스스로에게 맞지 않다고 판단, 의사를 그만두고 글을 쓰기 시작한 사람이다. 『말과 잡음어』 등 여러 권의 책을 냈고, 1952년 헤밸 문학상을 받았다.

한국어판 서문을 쓴 작가의 손자 가브리엘 피카르트는 말년에 완성한 뛰어난 작품으로 1955년에 발표되었다고 전한다. 그러면서 이 책이 "쉽게 읽을 수 있는 책이 아니"라고 하는 것이나, "사람들은 이 책이 피카르트의 작품 중 무척 난해한 것이라고 합니다." 등의 발언이 이 책을 읽기 전에 약간의 긴장감을 갖게 한다. 도대체 얼마나 어렵기에 서문에서 이렇게나 강조하는가 싶은 것이다.

「언어의 선험성」으로 시작하여 「시의 선험성」으로 끝나며 21개의 주제로 이루어졌다. '말' 과 '언어' 라는 단어가 들어가지 않은 것은, 2장 「앞서 주어진 것」과 마지막 장 「시의 선험성」뿐이다. 옮긴이 배수아는 「옮긴이의 글」에서 이 책은 진지함에 관한 책이며, 다른 누구보다도 말과 동거하는 인간, 말의 인간, 말로부터 유래한 인간을 위한 책이라고 했다. 그리고 어쩌면 더 나아가서 글을 쓰는 인간, 곧 작가의 영혼을 위한 책이라는 생각이 든다고 했다.

완전히 이해했다고 볼 수 있는 정도가 아니지만 말의 진지함을 느낄 수 있었다. "언어는 인간에게 미리 주어져 있다. 인간이 말을 시작하기 이전부터 언어는 인간 속에 있었다."는 언어의 선험성과 시의 선험성에 주목했다. 시의 선험성은 "지나간 세대 혹은 당대의 시인들로부터 각각의 시인들에게 전달되는 시적 정신을 의미하는 것이 아니다. 모든 살아있는 시인과 죽은 시인이 있기 이전에, 이미 모든 시인에게 앞서 주어진 것을 의미한다."는 것이다.

한국어판 「서문」에 나오는 "말이 없는 인간은 없으며

인간이 없는 말도 없습니다."란 말부터 "언어의 존재성은 어느 순간에 형성된 것이 아니라, 항상 거기 있어왔던 것에 가깝다."(75쪽)고 하여 언어의 선험성을 보충하고 있다. 「언어의 의미」에서 "니체는 말했다. 천재란, 늘 눈앞에 있어왔지만 무명이던 것에 이름을 부여하는 사람이라고"(91쪽) 한 것과 "말과 결정에서 시인의 일차적 능력은 잃어버린 원초성을 말에 부여하는 것"(108쪽)이라는 말이 서로 연결될 수 있겠다.

「말과 사물」에서 "시인의 말은 사물을 둥실 뜨게 만든다. 시인의 말은 경직된 명료함이 아닌, 둥실 떠가는 명료함이다. 그것이 시의 진정한 리듬이다. 그것이 사물을 인간에게로 데려온다. 하지만 동시에 사물을 다시 창조자에게로 둥실 떠가게 하기도 한다."(153쪽)는 것은 매우 새로운 인식을 주었다. 반면, "인간은 정신으로 사물을 둘러싼다. 사물을 둘러싼 채로 인간은 사물의 이름을 부른다. 여기서 정신은 사물 안의 본성을 이름 속으로 가져온다. 그러므로 말에는 사물의 어떤 본질이 들어있게 된다."는 말에는 크게 공감했다.

여러 번 읽게 한 소제목 「말과 시」에서는 정작 얻을 게 적었다. 처음 "시는 세계 자체이며, 가장 근원적인 세계다."라는 문장부터 답답해졌다. "세계는 한 편의 시로 가득하다."(218쪽) "시의 완전성은 인간의 것일 뿐 아니라 언어의 것이기도 하다."(219쪽)는 논리도 난해하다. 또한 "저는 시란 무엇보다도 진리를 표방하고 진리를 전달하는 것이라고 생각합니다."(228쪽)도 나와 달랐다. 진리의 문제는 철학으로 넘겨줘야 한다는 것이 내 생각이다.

「시의 선험성」에서 "시를 읽으면 시인이 선험성을 기다리면서 가졌던 떨림을 느낄 수 있다. 그 떨림은 리듬 속에 들어있다. 또한 선험성을 만난 뒤의 안도감도 느껴진다. 리듬은 떨림이면서 동시에 안도다."(233쪽)라는 말은 내게 큰 생각거리를 준다.

그 외 시의 미래에 관련해서 "이제 사람은 소란스러운 시대 탓에 더 이상 소유하기 힘든 고독을 시에서 얻고자 원할 뿐만 아니라, 시적 세계의 광채와 환함도 구하고자 합니다."(222쪽)와 "오늘날의 시는 불안하다. 시가 더 이상 자신만의 특성을 갖지 못한 채 다른 수단으로 얼마든지 교체 가능해졌기 때문이다. 시적 특성으로 정당한 자격을 획득하지 못한 시는, 독재자의 권력 아래서 억압당할 수 있다. 그 시는 시로서의 확고함이 부족하기 때문이다."(237쪽) 같은 말들은 새겨들을 만하다.

이 책이 어렵다는 것은 여러 번 말해져서 짐작하고 있었지만 어렵긴 어려웠다. 그 까닭을 생각해 보니 주제 자체가 어렵기도 하거니와 작가가 유신론적 관점에서 해석하는 것이 무신론자들은 받아들이기가 어렵지 않을까 하는 생각이 든다. 그러나 작가가 이 책을 쓰기 위해 참 많은 공부를 했다고 짐작되는 구절이 있다. 예를 들면 "세상을 다스리는 선한 이치는 언어의 절제에 달려있다."는 공자의 말을 인용한 것 등이다. 그리고 "그림은 꿈의 말이다."(213쪽) 등은 인식의 지평을 넓혀주기에 충분하다.

그렇다. 『인간과 말』은 어려워서 좋은 책이었다. 부분적으로 여러 번 읽게 하는 것이 그런 생각을 갖게 한다. 옮긴이가 진지함에 관한 책이라고 했는데, 그 말이 맞다. 이해하기 쉽지 않아도, 아니 이해할 수 없어도 진지할 수 있었던 느낌, 뭐 이런 걸 두고 한 말일 것 같다. 그렇다면 이런 진지함에도 선험성이 있는 것인가 싶은 생각이 스친다. 선험성이란 말은 분명하게 각인된 것 같다.

35 주
2023.
09. 03.

정보가 힘이다

Neal Stephenson, 남명성 옮김, 『스노 크래시』,
문학세계사, 2021.

이 소설을 찾아 읽게 된 것은 순전히 '아바타'와 '메타버스'라는 용어를 탄생시킨 소설이라는 데 있다. 평소 SF 소설에 별 관심이 없지만 이 용어들이 소설책을 뛰쳐나와 우리 일상생활 속에 뛰어들었기 때문이다. 미래에 관한, 혹은 SF의 세계에 나는 무지하다. 그렇지만 다가오는 미래를 아주 모르고 있어서 되겠느냐는 생각에 내 깜냥으로 가장 접근하기 쉬운 미래를 다룬 문학 작품을 통한 길로 가봐야겠다고 생각했다. 그러나 그것도 만만치 않다.

내가 읽은 이 계보의 책으로는 '로봇'이란 용어를 처음 사용한 체코의 소설가이며, 극작가인 카렐 차페크가 1920년에 발표한 희곡 『로숨의 유니버설 로봇』, 그리고 1932년에 발표된 미국 소설가 올더스 헉슬리의 『멋진 신세계』 정도였다. 그 후 미래와 현실을 이해하기 위해 즉,

AI를 이해하기 위해 일본 작가 가즈오 이시구로가 2021년에 발표한 『클라라와 태양』을 읽고, 아바타와 메타버스가 나온다는 이 『스노 크래시』를 읽게 된 것이다.

작가 닐 스티븐슨은 할아버지 외할아버지 그리고 부모가 과학자인 집안에서 태어나서 보스턴대학 물리학과에 입학했다가 지리학으로 전공을 바꾸기도 하지만, 결국 글쓰기의 재능을 발견하고 소설을 쓰기 시작했다. 가상세계에 만들어진 자기 자신의 분신으로 '아바타'가 등장하는 기념비적인 이 작품을 발표하면서 본격적인 SF 작가로 명성을 날리기 시작했다. 〈뉴욕 타임스〉 베스트셀러 1위 작가가 된 것도 이 작품의 영향이 크다.

『스노 크래시』는 SF 장편소설이다. Ⅰ, Ⅱ권으로 나뉘어 있고, 총 71장의 소설 중 31장까지를 Ⅰ권에, 32장부터 71장까지를 Ⅱ권에 싣고 마지막에 작가의 「감사의 말」을 담고 있다. 소설의 줄거리를 거칠게 간추리면 '스노 크래시'는 가상세계에서의 마약인데 이 약은 아바타뿐만 아니라 메타버스 접속자에게도 치명적인 영향을 미칠 수 있다. 따라서 이것의 확산을 막기 위해 악의 무리와 싸워 이긴다는 줄거리를 갖고 있다.

소설 제목이 된 '스노 크래시'라는 말부터 궁금하다. 소설 속에서 찾아보면 "'스노 크래시'는 컴퓨터 쪽에서 쓰이는 용어다. 아주 기본적인 부품의 결함 때문에 모니

터로 보내는 전자빔을 제어하는 부분이 제대로 작동하지 않을 때 나타나는 현상을 가리킨다. 그럴 때는 전자빔이 아무렇게나 화면을 쏴 대면서 깔끔하게 줄을 서 있던 화소들이 눈보라가 일어나는 것처럼 소용돌이친다. 히로도 100만 번은 본 일이다. 그러나 그런 용어를 마약에 붙인 건 매우 특이한 일"이라고 설명하고 있다.

제목부터 어려운 이 책을 읽게 된 근본 동기인 '아바타'와 '메타버스'의 의미가 무엇인가를 알아내는 일, 그것이 이 책을 읽는 일차적 목표였다. 인터넷에서 쉽게 찾을 수도 있겠지만 이 말을 처음 만든 작가의 생각을 읽고 싶었다. 작가는 「감사의 말」에서 "'아바타'(이 소설에 쓰인 의미로)와 '메타버스'라는 말은 내가 만들어 냈다. 이미 존재하는 단어(예를 들면 '버추얼 리얼리티')들이 좀 이상하게 느껴졌기 때문에 그런 말을 쓰기로 마음먹었다."고 썼다. 그 용어를 써야겠다는 생각을 한 것 자체가 작가의 개성을 짐작할 수 있게 한다.

구체적으로 Ⅰ권의 5장에 오면 '아바타'가 무슨 뜻인지 알 수 있다. "눈에 보이는 모든 건 광섬유를 통해 내려온 정보에 따라 컴퓨터가 그려 낸 움직이는 그림에 불과하다. 사람처럼 보이는 건 '아바타'라고 하는 소프트웨어들이다. 아바타는 메타버스에 들어온 사람들이 서로 의사소통을 하고자 사용하는 소리를 내는 가짜 몸뚱이"

(55쪽)라고 한 것이다. 이미 우리 일상생활에 들어와 쓰이고 있는 '가상현실에서 자신의 역할을 대신하는 캐릭터'라는 의미와 크게 다르지 않다.

'메타버스' 또한 '가상', '초월' 등을 뜻하는 영어 단어 '메타Meta'와 우주를 뜻하는 '유니버스Universe'의 합성어로 현실세계와 같은 사회, 경제, 문화 활동이 이뤄지는 3차원의 가상세계를 가리키는 것으로, '가상세계'로 이해하면 크게 틀리지 않는 해석이다. 작가가 가상세계를 다른 말로 표현하고 싶은 욕구에서 탄생한 언어로 보면 되겠다.

'아바타'와 '메타버스'가 무엇인가를 알기 위해 이 책을 읽는 동안은 Ⅰ권 9쪽에 나오는 "정신없고 뜻을 알 수 없는 영화를 보는 동안"이란 말과 똑같다는 생각이 들었다. 바벨탑과 언어 그리고 종교 등에 관한 깊이 있는 이야기도 있지만, 미래 세계를 어렴풋이 짐작케 하는 용어들이 기대 이상의 재미를 느끼게 했다. 전체적인 구성이나 흐름이 잘 이해되는 것은 아니지만 아래와 같은 용어를 읽을 때 오는 놀라움이 특별했다.

"가래침 총", "강간 방지 덴타타", "말하는 남근", "나무에 열리는 스테이크", "공중 컴퓨터", "나는 목소리로 운전을 하지, 목소리로 운전하는 게 더 편리하다는 걸 발견한 후에 운전대와 페달을 떼어 내 버렸어.", "성경을 자비로운 바이러스라고 생각했습니다.", "엔키는 개울가 갈대밭에서 자위를 해 생명이 담긴 정액이 흐르게 합니다. '마음의 물' 이라는 이름이 붙었습니다."(II권 22쪽) "어떤 사람들은 숲 속 잠터를 '몸뚱이 보관소' 라고 부른다." (84쪽) 등의 문장을 어찌 새롭게 느끼지 않겠는가?

이 소설이 독자에게 전하는 메시지는 "문맹에다 TV만 보고 사는 수많은 노동자가 있습니다. 모든 걸 입에서 입으로 물려주는 부류라 할 수 있죠. 그리고 소수지만 대단히 박식하고 강력한 엘리트가 있습니다. 기본적으로 메타버스에 들락거리는 사람들이라고 봐도 되겠죠. 그들은 정보가 힘이란 걸 알고 사회를 좌지우지합니다. 왜냐하면 그들은 컴퓨터 언어를 할 줄 아는 신비한 능력을 갖췄기 때문이죠."라는 이 문장에 있다. 그래서 나는 절망한다. 정보가 힘이고 컴퓨터 언어를 알아야 한다는 것은 내게 너무 벅찬 일이 되기 때문이다. 그래서 밝아오는 미래가 내게는 참 캄캄한 세상이 될 것 같다.

36 주
2023. 09. 10.

니일니일 불고 있는 가난의 바람

김동리, 이동하 엮음, 『무녀도』, 문학과 지성사, 2015(초판 14쇄).

한국문학에서 그냥 믿고 읽을 수 있는 작가 중 한 사람이 김동리가 아닐까 생각된다. 내가 사는 대구와 가까운 경주 출신이어서 그런지 모르지만 비교적 가깝게 느껴지는 작가다. 나와의 인연이라면 1982년 연말, 그해 제38회 《월간문학》 신인작품상에 시조가 당선되어 시상식이 있던 서울특별시청에서 한 번 뵈온 것뿐이다. 당시 한국문인협회 이사장을 지내고 명예 회장으로서 그 자리에 나오셨다. 모시고 사진을 찍었는데 지금도 잘 보관하고 있다.

김동리는 1913년 경주에서 태어났고 1995년 세상을 떠났다. 1928년 대구 계성중학교에 입학했다가 1930년 서울 경신중학교로 편입학했지만 이듬해 학교를 중퇴하고 독서에만 전념했다. 1934년 〈조선일보〉 신춘문예에 시 「백로」가 입선했고, 1935년 〈조선중앙일보〉, 1936년

〈동아일보〉 신춘문예에 「화랑의 후예」, 「산화」가 당선되면서 활발한 활동을 했다. 《시인부락》 동인으로 시창작 활동을 하기도 했으며, 해방 이후 우익을 대표하는 문인으로 활약했다. 이후 언론사를 거쳐 서라벌 예대, 중앙대 교수를 역임했다.

이동하가 책임 편집한 단편선 『무녀도』에는 12편의 단편이 실려 있다. 작가가 1935년부터 1949년까지 발표한 작품 중에서 선정된 것으로 활동 초기 작품이다. 작품 연보를 살펴보면 거의 창작 연대순으로 실렸다. 따라서 이 시기 작품은 '원시적 생명의 탐구', '한국적 전통에 대한 새로운 접근' 개념으로 요약될 수 있고, 해방 직후 시기로 넘어오면서 좌, 우익 대결장에서 우익 측의 입장을 대표하는 문인으로 자리매김되며 소설 작품들도 이 같은 작가의 위상에 걸맞게 창작되었다.

「화랑의 후예」는 1930년대 일제강점기의 몰락한 양반을 통해 당시 사회의 단면을 표현했다. 현실적인 능력은 없지만 화랑의 후손이라는 우월감에 사로잡힌 황 진사를 통해, 권력과 돈이 없더라도 다른 무엇인가에서 만족을 찾으려는 인간의 자존심을 엿볼 수 있는 작품이다.

「산화」의 뒷골 사람들은 대부분 윤 참봉에게 빚을 지고 있다. 이를 매개로 하여 착취와 행패를 일삼는다. 어느 날 참봉이 기르던 황소가 병을 앓다 죽어버린다. 출장 나온 감독원이 보는 앞에서 소의 사체는 묻혔다. 그렇지만 황소가 아까운 윤 참봉은 하인을 시켜 소의 사체를 도로 파내 온다. 그리고 자신의 환갑 기념이라며 마을 사람들에게 헐값으로 팔아넘긴다. 얼마 후 쇠고기를 먹은 대부분의 사람들은 육독肉毒이 들렸으며, 죽는 사람도 늘어갔다. 이즈음 홍화산에서는 원인 모를 산불이 났다는 내용이다.

「바위」는 바위에 기대는 토테미즘이며, 「무녀도」는 무녀인 모화와 그녀의 아들이자 기독교인인 욱이의 갈등을 통해 샤머니즘과 기독교의 대립을 그렸다. 1978년 제목을 '을화'로 고치고 중편으로 개작 발표했다. 「황토기」는 우리의 구전적인 설화에 자주 등장하는 절맥絶脈모티프 또는 상룡傷龍모티프 등 지역창조의 연기설화를 전경前景으로 한 가운데, 이와 병렬하여 황토골에서 억쇠와 득보라는 두 사람의 장사가 무모한 힘겨룸을 벌이는 줄거리를 갖는다. 「찔레꽃」은 간도 이민의 애환을 주제로 한 한 편의 산문시 같은 느낌을 준다.

「동구 앞길」은 씨받이 순녀의 아픈 삶을, 「혼구」는 배금주의 풍조 속에서 고민하는 지식인의 문제를, 「혈거부족」은 해방 직후에 제기된, 간도로 갔던 사람들의 귀환 문제를 다루었다. 「달」은 물과 달, 여성이 만나 삼각 고리를 이루면서 자연과 인간의 동화가 원형적 상징으로서

표출되는 것을 드러내고자 했으며, 「역마」는 역마살로 표상되는 동양적이며 한국적인 운명관을 형상화했고, 「광풍 속에서」는 좌우익의 유혈투쟁이라는 문제가 정면으로 대두되었다.

이 단편들 중 「산화」에 관심이 쏠렸다. 내 유년의 삶을 떠올리게 했기 때문이다. 「산화」의 죽은 소고기 문제는 유사한 경험을 했다. 내가 자랐던 동네에서는 소가 병에 걸려 죽으면 관청에서 그 고기를 먹지 못하게 휘발유를 뿌려서 묻게 했는데, 그 고기를 도로 파내 동네 사람들이 나눠먹었던 것이다. 큰 탈은 없었던 것 같다. 우리 동네엔 「동구 앞길」의 씨받이 여인 같은 사람도 살았고, 「광풍 속에서」처럼 좌우익 대립과 관련되어 이념에 희생되어 제삿날이 같은 집이 여러 집 있었다.

그것이 비단 내가 자랐던 고을만의 일은 아니었다. 지난 일만이 아니라 지금 겪고 있는 일들이기도 하다. 일제강점기를 거치고 해방공간과 6.25 전쟁 전까지 우리 전 세대가 겪은 일을 이 소설을 통해 느낄 수 있다. 「혈거부족」 같은 작품은 지금의 달동네가 아니겠는가? 가난은, 목숨을 부지해야 한다는 이유만으로 얼마나 많은 고통과 얼마나 많은 수치를 겪게 했는가? 전 시대의 소설이 아니라 우리 삶의 현장에 형태가 다르게 존재하는 모습을 보여준다. 가난, 그 지독한 형벌이여! 이념, 그 모진 횡포여!

37 주
2023.
09. 17.

대명만력연간에 조선국 충청도 충주 달천촌에 한 사람의 영웅이 있으니……

작자미상, 장덕순 옮김, 『임경업전』, 명문당, 1994.

『임경업전林慶業傳』은 작가와 연대 미상의 조선시대 고소설이다. 한문본과 국문본이 함께 전하나 한문본이 선행본이다. 인조 때의 명장 임경업 장군을 모델로 하고, 그의 생애와 무용을 비교적 역사적 사실에 의거하여 표현한 역사소설이다. 임진왜란과 병자호란을 치른 뒤의 척외사상斥外思想, 특히 배청사상排淸思想이 전편에 깔려있다. 조선시대에 저작된 대부분의 군담소설이 사실을 비현실적으로 과장하거나 허구화하고 있는 데 비해 이 작품은 비교적 정사적正史的인 사실에 충실한 고소설이란 특징을 갖는다.

책 끝에 작품을 해설한 김기동은 다음과 같이 요약한다. 임 장군은 중국으로 들어가서 청병대장淸兵大將이 되어 위력을 중원에까지 펼치고 돌아온다. 그때 만주에서 일어난 호국胡國은 우리를 정복하고자 한다. 호군은 임 장군이 두려워서 의주로의 침입을 피하고 우회해서 우리를 침공한다. 이에 호 장군에게 국왕이 항서를 바치는 국치를 당하고 만다. 이때 의주에 있는 임 장군은 세자 형제를 볼모로 데리고 가는 적군을 격파한다. 대로한 호왕이 국왕에게 임 장군을 들여보내게 한다. 국왕은 임 장군을 보낼 마음이 없었으나 임 장군이 두려워 모역을 못 하고 있던 영의정 김자점의 권고에 의하여 보낸다. 임 장군은 호국으로 들어가다가 도망하여 명군에게로 가며, 명군과 함께 호군을 치다가 생포된다. 호왕은 온갖 수단을 써서 항복을 받으려 하다가, 도리어 임 장군의 충성심에 감동되어 세자와 함께 고국으로 돌아가게 한다.

임 장군이 죽지 않고 세자를 모시고 환국한다는 소식을 들은 김자점은 왕명을 사칭하여 임 장군을 투옥시킨다. 그러나 임 장군이 탈옥하여 국왕께 자초지종을 보고하고 나오는데 김자점이 기다렸다 철퇴로 때려죽이니, 만고 충신 임 장군은 천추의 한을 품고 간신의 손에 억울하게 일생을 마치고 만다는 슬픈 사연을 그려놓은 것이다.

이 소설에서 가장 극적인 사건은 "호왕이 '네 이제 항복하면 제후왕으로 봉하리라.' 그러자 임경업이 더욱 분연히 '우리 왕상이 병자년의 치욕을 주야로 한탄하시거늘 내 어찌 오랑케에게 항복하리오.' 호왕이 대로하여 경업을 내어 베라 하니 임경업이 크게 꾸짖어 '내 명이 하늘에 달렸거늘 네 능히 나를 해할 수 있으리오. 네 명은 내 다섯 걸음 안에 있느니라.' 하고 칼을 들고 벽력같이 소리 지르니 군사들이 달려들다가 그 소리를 듣고 감히 가까이 범하지 못하는지라.

호왕이 이 거동을 보고 크게 겁내어 급히 계하로 내려가 그 손을 잡고 위로하기를, '장군은 참으라. 내 장군의 장략을 시험함이요, 경망함이 아니로다. 왕년에 우리나라 청병으로 왔을 적에 저렇듯한 위엄을 몰랐더니 오늘 보건대 진실로 영웅이요, 충신이라. 내 어찌 남의 나라 충신을 해하리오, 장군의 원대로 세자를 본국으로 돌려 보내려니와 나의 실례하였음을 사하라.'"고 한 이 부분 즉, 호왕이 임 장군을 회유하였으나 성공하지 못하고 세자와 함께 고국으로 돌아가게 하는 것이다.

이 부분을 통해서 임경업의 영웅성이 드러난다. 호왕이 임경업의 충성심에 반하는 모습, 어느 시대에나 있는 모사꾼 김자점의 행동 등으로 이 고소설은 우리에게 생각할 거리를 던져두고 있다. 세상은 변해도 옳은 인간의 길은 변하지 않는다. 시대마다 사람이 어떤 일을 하며 사는가는 달라지지만 인간이 옳게 사는 길은 변하지 않는다. 그 옳은 길은 옳은 일에 목숨을 바치는 것이다. 지금의 대한민국 정치판에도 영웅이 있고, 모사꾼이 있다. 그래서 이 소설은 읽을 가치가 있는 책이다.

38 주
2023.
09. 24.

“정체 모를 힘”에 끌리다

정승윤, 『눈 한 송이의 무게』, 소소담담, 2023.

이 책을 만나게 된 사연이 곱다. 올 7월 초에 『뜻밖의 낱말』이란 내 시집이 출간됐다. 내 고향 후배이자 제자가 되는 수필가 정아경이 이 시집 몇 권을 사서 자기와 친한 사람들에게 보낸 모양인데, 이 책의 저자인 정승윤 수필가가 그중 한 사람이다. 시집을 받은 작가가 읽었는지 안 읽었는지 알 수 없는 일이지만, 이 책을 내게 보내주신 걸 보면 읽었을 것이라는 믿음을 갖게 한다.

낯선 저자, 책 봉투를 뜯었다. 제목이 ‘눈 한 송이의 무게’라니 뭔가 있을 것 같다는 생각이 든다. 책을 펼쳤다. 수필집이니까 그렇고 그런 책이겠지 생각했는데 그게 아니었다. 눈이 번쩍 뜨였다. 수필을 대하는 태도가, 수필에 대한 보편적 인식의 수정을 요구하는 글이 보였다. 저자 소개부터 남달랐고, 작가의 말 「몇 가지의 변명」을 읽고 나니 그냥 던져둘 책이 아니라는 생각이 들었다.

읽기 시작했다. 가독성이 높다. 단번에 2부까지 읽었는데 깊었다. 아, 이렇게 후딱 읽을 책이 아니다 싶어 2부 끝에 가름끈을 끼웠다. 1부 첫 작품의 충격이 나머지 전 작품에 간섭한다. 제목이 「월식」이다. 월식이라니, '월식' 은 태양-지구-달이 일렬로 늘어섰을 때 지구 그림자에 달이 들어오는 현상이다. 그걸, 거울-나-그대로 배치하고 '월식' 이라는 제목을 붙이다니 고수다. 그리고 "너무나 먼 그리움은 불길하다." 는 결말은 체험이고 현실이다.

다시 책을 들고 3, 4부를 읽는다. 공감하는 부분이 아주 많다. 「내 의자」라는 작품에서 다시 숨을 한번 몰아쉰다. "자기혐오에 빠질 때, 우울할 때, 과거의 기억 때문에 헐떡일 때, 나는 내 나무 의자에 앉는다. 그리고 펜 끝을 세운다. 사실 나는 아무것도 쓸 것이 없다. 억지로 쓴다면 끝없이 지루한 자기변명이든가 눈물 따위로 얼룩진 자기 연민의 이야기뿐이다. 그래도 계속 쓰다 보면 저 밑의 지하에서부터 의자의 뒷다리를 통과하여 내 등을 타고 오르는 정체 모를 힘을 느끼게 된다."

이보다 더 참한 창작론이 있을까 싶다. 작품 해설을 쓴 문학평론가 신재기는 '내면성 확장' 과 '죽음에 대한 사유' , '집단 착각에 균열 내기' 란 말로 정승윤 작품을 평했다. 짧은 수필의 형식, 체험보다 사유에 무게가 있다는 뜻과 주 내용, 정승윤의 수필 창작론이 그렇다는 뜻이다. 그렇다. 공감한다. 특히 '집단 착각에 균열 내기' 라는 표현은 정승윤 수필의 특성을 제대로 읽어낸 표현이다. 수필이라는 장르에 한해서가 아니라 모든 장르의 문인들이 생각해 볼 만한 작업임이 분명하다.

이 책을 나 아닌 다른 사람에게 읽히고 싶어진다. 함께 책 읽고 수필 공부하는 '별의별' 동인이 생각난다. 출판사에 전화를 걸어 책 네 권을 주문했다. 책을 받아서 꼭 읽어보라면서 전해준다. 내가 주는 추석 선물이라고 생색내면서……. 꼭 읽어야 한다고 강요하는 말을 더 붙이고 싶었지만 억지로 참는다. 그들이 받을 충격의 강도를 낮추고 싶지 않아서다. 그들이 어떤 반응을 보일까가 매우 궁금하다. 다음에 만날 때 꼭 물어봐야겠다.

이 책을 읽는 독자들은 '정체 모를 힘' 을 느낄 수 있을 것 같다. 그랬으면 좋겠다. 왜? 그 이유는 설명할 수 없다. 설명하지 않아도 된다. 설명할 수 있는 것이라면 정체를 아는 것이 되니까 말이다. '정체 모를 힘' 을 느낄 수 있어야 시인이 되거나 작가가 될 수 있는 것 아닐까 싶다. 더 속된 말로 표현하면 '미쳐보지 않고 미치는 걸 어떻게 알겠는가' . 수필가 정승윤은 그렇게 한 번쯤 미쳐 본 작가 같다.

39 주
2023. 10. 01.

사람을 바꾸는 고문과 세뇌 교육

George Orwell, 김일엽 옮김, 『1984년』,
도서출판 지혜, 1984.

독서 클럽, '책으로 노는 사람들' 이 10월 독서토론 도서로 『1984년』을 선정했다. 자먀찐의 『우리들』, 올더스 헉슬리의 『멋진 신세계』와 함께 세계 3대 디스토피아 소설로 너무나 많이 알려진 소설이다. 오래전에 읽어서 분명하지 않지만 주제와 내용까지도 어렴풋이 기억된다. 언어와 역사가 통제되고, 성 본능은 오직 당에 충성할 자녀를 생산하는 수단으로 억압되며 인간의 존엄성과 자유가 박탈된 전체주의 사회를 그린 것이란 정도다.

작가 조지 오웰은 1903년 인도에서 태어난 영국인이며 에릭 블레어의 필명이다. 19세 때 버마에서 제국주의 경찰로 근무하다 그만두고 파리로 건너가 출판되지 못한 작품을 썼고, 돈이 떨어지자 접시 닦이에 개인교사 노릇을 했다. 1935년부터는 본격적인 작가 생활에 들어갔고, 36세에는 스페인 내전에 참여했다. 이때 좌익 집단의 내

부과정을 보고 정치에 대한 공포감을 갖게 되었다. 1945년도에 우화소설 형식으로 공산, 독재 체제를 비판한 『동물농장』으로 유명하게 되었다.

폐결핵에 걸려서 "예술로 승화된 정치소설" 집필을 목적으로 외딴 주라섬에 은거한다. 피를 토하는 발작이 오자 집필을 중단하고 치료를 받았다. 병상에서도 '1984년' 에 대한 메모를 그치지 않을 정도로 열정에 불탔던 그는 7개월 뒤 다시 섬으로 돌아가 집필을 계속해 1948년에 완성했다. 그가 원래 계획한 제목은 '유럽의 마지막 인간' 이다. 1949년에 출판된 이 책은 그 필사의 노력에 보답하듯, 생명 있는 책으로 여전히 살아있으나 그는 1950년 1월 폐출혈로 사망했다.

소설은 제1부 「인간의 능력」, 제2부 「사랑과 정사」, 제3부 「조직사회의 공포」로 구성되었다. 1부 「인간의 능력」에선 1984년의 지구가 오세아니아, 유라시아, 동아시아의 전체주의 국가로 분리되어 형식적인 전쟁을 하고 있다. 이 국가를 지배하는 당의 지도자는 빅 브라더. 그는 초월적인 권력을 소유하고 있다. "당의 2대 목표는 전세계를 정복하는 것과 모든 독립적인 사고의 가능성을 근절시키는 것이다."(159쪽) 정부 기구로는 "보도 연예 교육 그리고 훌륭한 예술을 관장하는 진리성, 전쟁을 관장하는 평화성, 법과 질서를 유지하는 애정성, 그리고 경제

문제를 다루는 부성 등이 있다."(14쪽)

소설의 배경인 영국은 곳곳에 텔레스크린과 마이크가 숨겨져 있어 시민들이 늘 감시당하고 있다. 그 감시 정도가 매우 치밀하여 숨쉬기가 어렵다. 이런 상황 속에서 윈스턴 스미스는 전체주의를 의심하고 부정하는 정부의 당원으로 등장한다. 저항의 방법으로 그는 일기 쓰기를 시작한다. 이 일은 불법은 아니었지만 발각되면 사형, 아니면 적어도 강제노동 25년 형을 받을 것이 분명한 일이다. 누구를 위해 이 일기를 쓰는가? 그는 갑자기 이상한 생각이 들었다. 미래를 위해서인가, 아직 태어나지 않은 후세를 위해서인가를 회의하면서……. 수난의 기록을 작정한 것이다.

2부 「사랑과 정사」에서는 기록국에서 각종 기록을 조작하는 윈스턴과, 소설제작기를 담당하고 있는 줄리아가 자유로운 연애와 사랑이 통제되고 있는 국가에서 비밀연애를 시작한다. 두 사람은 전체주의에 대한 비관적인 생각 때문에 서로가 서로에게 깊어졌고, 당에 대한 불만을 표출하고자 하는 욕망을 키우게 된다. 윈스턴의 상사인 오브리엔은 그들에게 덫을 놓는다. 임마누엘 골드슈타인 작 『과두적 집단주의의 이론과 실제』라는 책을 전해준다. 윈스턴은 그것을 신임으로 알았지만 그 책을 다 읽지 못하고 붙잡혀 간다. 덫에 걸린 것이다. 2부 상당 부분이 이 책을 읽는 액자소설 형식을 띤다.

3부 「조직사회의 공포」는 상상하기 어려운 고문과 세뇌 교육을 받은 윈스턴과 줄리아가 풀려나게 되지만 사랑할 수 없는 지경에 이르렀다. 고문으로 인해 윈스턴은 정부에 대한 부정적 생각에 신경 쓰지 않게 되었으며 평범한 사람으로 변해 있었다. 줄리아도 마찬가지다. 소설 속 마지막 문장은 "그는 자신에 넘치는 승리감을 얻었었다. 그리고 큰 동지를 사랑했다."로 끝난다. 어이없다. 고문과 세뇌가 사람을 바꿔버린 것이다. 자먀찐의 『우리들』에서 인간 본성의 욕구를 제거하기 위하여 뇌 절제와 유사한 뇌수술을 행한 것처럼, 헉슬리의 『멋진 신세계』에서 생물학적인 도태와 약품으로 인간 본성을 바꾸듯이…….

먼지 앉은 책꽂이에서 찾은 책은 1984년에 발간된 것이다. 글씨가 작고, 편집이 복잡하게 되어서 읽기가 불편하겠다는 생각을 했다. 그렇지만 오래된 책에서 나는 텁텁한 촉감이 싫지 않아서 불편을 견딜 수 있었다. 주제가 주는 무거움 때문에 약간 부담감을 가지며 읽기 시작했는데 중간에 놓고 다른 일을 하기가 어려웠다. 해야 할 일을 미루고 쭈욱 읽게 만든 것은 앞부분에 나오는 문장 하나와 몇 개의 낱말 때문이었다. 그 문장은 "독특한 만화경과 비슷한 '작시기作詩機' 란 기계로 감상적인 노래를 만들어내었다."(43쪽)이고, 낱말은 11쪽의 "소설제작기", 117쪽의 작곡을 하는 "운작기韻作機" 등이다.

소설 전체에서 그야말로 지엽적인 것이지만 이것에 대한 이야기가 또 나오는가 싶었던 것이다. 이 책이 나온 지 39년이 지난 지금은 지난해 말 나온 '챗 GPT'가 실제로 시를 쓰고 있으니, 다소 엉뚱한 곳에 관심이 쏠린 것이다. 그 전엔 그야말로 소설 속의 이야기로 치부해 버릴 일이 현실이 되었으니 당연한 일이기도 하다. 이 소설에서 빅 브라더가 처음 나왔듯이 시를 짓는 기계라는 말을 처음 사용한 것만으로도 놀랄 만하다.

또 하나 내가 관심을 가진 것은 '신어'라는 것이다. "신어의 목적이 생각의 폭을 줄이는 데 있다는 걸 자네 알고 있나? 우리는 사상죄도 문자 그대로 불가능하게 만드는데 그것은 그것을 표현할 말이 없어지니까, 필요한 개념은 단 한 마디 말로 표현되며 그 말은 정확히 정의되어 다른 곁 뜻은 없어져 버리고 말지, (중략) 한 해 한 해 어휘는 줄어들고 그럴수록 의식의 한계도 좁아지겠지, (중략) 혁명은 언어가 완성될 때 완성돼, 그것도 곧 신어는 영사(영국사회주의)이고 영사는 신어야."(50쪽) 그렇다. 언어의 힘을 다시 새기게 한다. 낱말은 사상까지 바꿀 수 있다. 사상을 바꾸기 위해서 말을 바꾼다.

40 주
2023.
10. 08.

도피, 초월, 반항

알베르 카뮈, 김화영 옮김, 『페스트』,
민음사, 2020(1판 31쇄).

코로나19, 그것 때문에 다시 한번 펴게 된 책이다. 문학의 위대함을 인정하지 않을 수 없는 상황 앞에서, '어떻게 이런 일이……' 를 연발할 수밖에 없다. 소설은 5부로 구성되었다. 1부는 오랑에 쥐가 집단으로 죽어가는 페스트 발병 도입부다. 2부와 3부는 페스트가 만연하자 처음에는 믿지 않았으나 페스트가 개인과 사회의 삶을 잠식해 가는 과정을 드러내고, 4부는 평행 및 소강 상태, 5부는 페스트의 종식으로 끝나며, 인간이 거대한 재앙에 대해 어떻게 대응해 가는지를 그려내고 있다.

1947년 6월 갈리마르 출판사에서 출간된 『페스트』는 카뮈 저서 중 상업적으로 성공한 최초의 작품이 되어 비평가상을 수상하기도 했고, 20세기 프랑스 문학이 남긴 기념비적 작품이다. 공포와 죽음, 이별의 아픔 등 인간의 삶에 있을 수 있는 비극의 소용돌이 속에서 현실을 직시

하며 의연히 운명과 대결하는 인간의 모습을 다루었기 때문이다. 이 책은 알베르 카뮈를 전공하여 박사 학위를 받은 김화영의 번역으로 충실한 작품 해설과, 연보를 만날 수 있다. 심지어는 카뮈의 조상까지 안내하고 있다. 구색이 아니라 철저히 연구된 것이다.

이 소설은 2부가 핵심이라는 생각이 든다. 재앙에 대응하는 인간의 방식이 제시되기 때문이다. 옮긴이는 그 방식을 세 가지로 요약하는데, 자신과는 상관없는 일이라고 확신하는 기자 랑베르의 도피적 태도, 이 재앙이 사악한 인간들에 대한 신의 징벌임을 역설하는 파늘루 신부의 초월적 태도, 이 작품의 주된 윤리적 선택인 반항이 그 세 번째 태도다. 윤리적 선택은 의사 리유의 말에 집약되는데 "이미 창조되어 있는 그대로의 세계를 거부하며 투쟁함으로써 진리의 길을 걸어가고 있다."(170쪽)고 생각하는 것이다.

'페스트의 포로'가 되어 있는 중, 랑베르는 리유를 "선생님은 추상적입니다."라고 했는데 그 '추상'이란 말에 끌렸다. "불행 속에는 추상적이고 비현실적인 일면이 있다. 그러나 추상이 우리를 죽이기 시작할 때는 정신을 바짝 차리고 그 추상과 대결해야 한다."(120쪽)고 하는 것이나 "추상과 싸우기 위해서는 추상을 약간은 닮을 필요가 있다. (중략) 그러나 그는 추상이 더 힘센 것으로 나타날 수도 있으므로 그런 경우 반드시 그런 경우에만 추상을 고려해야 된다는 것을 또한 알고 있었던 것이다."(123쪽)라는 말에서 이 추상이 상상력으로 나아가 창조 혹은 예술이라는 개념을 포함할 수 있겠다는 생각에 관심이 쏠린 까닭이다.

이 소설은 인간의 인간에 의한 인간을 위한 이야기라고 패러디할 수 있겠다. 다음 문장이 그 증거다. "인간은 다른 인간들 없이 지낼 수는 없고"(252쪽) "다른 사람들과 떨어져 있지 않기 위한 유일한 방법은 결국 올바른 양심을 지니는 것"(256쪽)이며 "혼자만 행복하다는 것은 부끄러운 일" "사랑이 없는 이 세계는 죽은 세계와 다를 바 없으며, 사람에게는 언제고 반드시 감옥이니 일이니 용기니 하는 것들에 지친 나머지 한 인간의 얼굴과 애정 어린 황홀한 가슴을 요구하는 때가 찾아오기 마련이라는 생각을 하고 있었던 것이다."(340쪽) "페스트가 대체 무엇입니까? 그게 바로 인생이에요. 그뿐이죠."(399쪽)

코로나19는 『페스트』의 상황을 재현하고 있는 듯하다. 코로나19가 종식되지 않는 마당에서 이 소설의 5부 같은 상황을 기다릴 수밖에 없다. 코로나19를 겪으며 내가 뭘 했는가를 분석해 본다면 이 소설은 진정으로 내가 어떤 사람인가를 알게 해 주는 책이 되지 않을까 싶기도 하다. 그것은 상상이 아니라 내가 겪은 일이었기 때문이다. 그러나 이 소설은 그렇게 우리에게 개운함만을 주지 않는다. 어쩌면 인간 세상에는 언제나 재앙이 기다리고 있다는 사실을 깨우쳐 주고자 하는 것일지도 모르겠다.

이 소설의 마지막 단락은 "그는 그 기쁨에 들떠 있는 군중이 모르는 사실, 즉 페스트균은 결코 죽거나 소멸하지 않으며, 그 균은 수십 년간 가구나 옷가지들 속에서 잠자고 있을 수 있고, 방이나 지하실이나 트렁크나 손수건이나 낡은 서류 같은 것들 속에서 꾸준히 살아남아 있다가 아마 언젠가는 인간들에게 불행과 교훈을 가져다주기 위해서 또 다시 저 쥐들을 흔들어 깨워서 어느 행복한 도시로 그것들을 몰아넣어 거기서 죽게 할 날이 온다는 것을 알고 있었기 때문이다."(402쪽)로 끝난다.

아, 소설은 끝났지만 재앙은 끝난 것이 아니다.

41 주
2023.
10. 15.

사랑의 십계율十戒律

J. P. 사르트르 외, 문일영 옮김, 『사랑이라는 것』,
정음사, 1979.

10월 둘째 주, 이번 주는 무슨 책을 읽을까 생각하며 책꽂이 앞에 섰다. 『경북시조 1000년사』 원고 마감이 10월 말이라 시간이 많지 않아 읽기에 부담이 적은 책을 선택하기로 했다. 그래서 문고판이 꽂힌 책장 칸을 스쳐 가다가 『사랑이라는 것』이라는 제목의 책이 눈에 들어왔다. 230쪽. 책은 낡고 글자는 작지만 가로판이라 읽는 데 큰 무리가 없겠다 싶어 빼 들었다. 책을 펼쳐보니 밑줄도 그어놓고 내가 읽은 흔적이 있다. 그런데 이 책에 대한 기억은 어떻게 전혀 없을까?

이 책은 역자의 서문을 비롯하여, 제임스 다버 「행복한 결혼생활을 위한 나의 십계율十戒律」, 윌리암 포크너 「항공표식탑」, 장 폴 사르트르 「사랑의 도피행」, 존 치버 「이혼의 계절」, 시인 오파오레인 「클라크 게이블과 결혼한 여인」, 바스코 플라톨리니 「스무 살의 정부」, 메어리

머카디 「잔인하고 야만적인 대우」, 올더스 헉슬리 「휴우버트와 미니」, 어윈 쇼 「도시의 애상」으로 꾸며져 있다.

역자가 당대의 유능한 작가들이 내린 사랑의 견해를 한데 모은 것이다. 유사성에 입각지 않고 의사의 대립과 환경 및 기질의 다양성을 기준으로 해서 작품을 선택하였다고 한다. 작가들은 다 그 자신의 고뇌, 환희, 우수, 유머를 들고 사랑에 대한 그들의 해설을 해 보려 한다고 서문에 썼다. 결론적으로 그들의 견해 또한 특이하진 않았다. 읽고, 듣고, 경험도 해본 것들이기 때문이다. 삶의 경험에 따라 사랑의 의미는 달라진다. 그것이 내가 내릴 수 있는 결론이다.

역자가 서문에 쓴 말이 정곡을 찌른다. "사랑에는 정신적인 것과 관능적인 것, 조용한 것과 횡포스러운 것, 좋은 것과 나쁜 것, 유익한 것과 유해한 것 등 모든 종류가 있다. 아무도 사랑이 무엇인가를 정확하게 정의하지는 못한다. 그리고 또 누구나가 사랑이 무엇인가를 설명할 수 있다. 사랑은 부패한 것, 사소한 것, 둔중한 것, 신선한 것, 의의 깊은 것, 날개 돋친 것으로 만든다. 사랑이 없을 때 생활은 형태가 없고 공허하고 생명이 없는 것으로 된다." 공감하지 않을 수 없다.

이어서 "세계를 움직이게 하는 것은 사랑이다. 그러나 사랑에는 하늘의 별만큼이나 많은 면이 있다. 그것은 이것도 아니고 저것도 아니다. 그것은 한꺼번에 모든 것을 의미한다. 그리고 세상에는 유능한 작가와 민감한 사람들이 많듯이 사랑에 대한 해석도 가지가지로 많이 있는 것이다." 참 머쓱한 결론 같지만 그 머쓱함이 정답이라는 사실 또한 부인하기 어렵다. 관념에 머무는 것은 제쳐두고 실천해 볼 수 있는 것으로 제임스 다버의 「행복한 결혼생활을 위한 나의 십계율十戒律」을 옮겨 써 보고 싶다.

계율 1, 성스러운 결합을 한 어느 한쪽도 일이 어떻게 되었든 다른 쪽의 옛 애인을 깎아내리거나 멸시하거나 욕하는 일은 피해야 할 것이다.

계율 2, 남편은 아내 친구들의 이름을 정확하게 기억하기 위하여 진심으로 노력을 해야 할 것이다.

계율 3, 남편은 파티 같은 사람이 많이 모인 장소에서 아내에게 모욕을 주어서는 안 될 것이다.

계율 4, "꼭 남자가 하는 짓이에요."라는 말을 입버릇처럼 하는 아내와 "그래, 여자 일은 당신이 알겠지." 하는 말을 되풀이하는 남편의 사이는 해가 갈수록 멀어지기 쉽다.

계율 5, 남편이 소리를 내서 글을 읽고 있을 때에 아내는 의자에 편안한 자세로, 그러나 주의 깊게 가만히 앉아 있어야 한다.

계율 6, 남편은 아내가 미용원에서 돌아올 때까지 필요한 물건을 찾지 못하는 일이 없도록 하기 위하여 집안에 물건들이 놓인 위치를 기억하도록 노력해야 할 것이다.

계율 7, 만약 남편이 아내의 말에 귀를 기울이고 있지 않는다면 "오케이"니 "그래, 그래"니 하는 소리를 중얼거리거나 아내의 말에 긍정한다는 뜻의 어떤 소리를 내어서는 안 될 것이다.

계율 8, 남편이 결혼한 해에 아내를 슈거 풋(사탕 같은 발) 또는 캔디 아이즈(사탕 같은 두 눈) 또는 큐티 팟지 파이(귀여운 과자 파이)라고 부르지 않게끔 되었다고 하여도 그것은 아내를 그저 그런 것이라고 무관심하게 대하게 되었다고 하는 것을 의미하지 않는다.

계율 9, 독신자 팀과의 야구 대항 시합 때, 기혼자 팀의 투수로 나서겠다고 고집을 부리는 남편에 대해서는 다음과 같이 하라고 권고하고 싶다. 옆에 뚝 떨어져서 보고만 섰지 말고 열중하여라.

계율 10, 아내의 화장대는 불가침의 장소여야 한다. 집안에서 이곳만은 남편이 멀리 해야 한다.

필사를 해 보니 이 또한 결코 별난 것들이 아니다. 이미 이 계율에 어긋난 행동으로 부부싸움을 해 본 적도 있으니 설득력이 있다. 지키면 참 좋을 계율이 되겠다. 결코 어려운 것이 아니라서 내가 더 미워진다. 다른 작품에 대해서는 특별히 느낀 바는 없지만 이 십계율을 보면서 사랑도 결국 사람의 일, 쉬운 일이고 마음을 다하면 되는 일이구나 싶다. 그런데 왜 사랑하기는 그렇게도 어려운지 모르겠다.

42 주
2023.
10. 22.

시는 삶이다

나태주 엮음, 『시가 인생을 가르쳐 준다』,
넥서스, 2021.

나태주 시인이 엮은 시선집이다. 이 선집에 내 작품 「우체국을 지나며」가 실렸다. 내 작품이 없었다면 쳐다보지도 않았을 것이다. 이런 속물근성을 언제 벗어던질 수 있을지, 내가 참 한심하다는 생각을 하지 않을 수 없다. 125편 중 시가 대부분이고 시조는 6편이 실렸다. 이병기 「비」, 조오현 「아득한 성자」, 김상옥 「봉선화」, 이호우 「달밤」, 정완영 「분이네 살구나무」, 그리고 내 작품이었다.

특히 4부 중 2부 부제목으로 "살아가며 꼭 한 번은 만나고 싶은 사람" 이라는 첫 수 초장이 선택되었다. 선자는 "현대적인 소재, 오늘날의 삶을 실감으로 표현하고 있으며 말의 행보 또한 자연스럽고 시원스럽다. 시 낭송가들을 만나 이야기할 때 즐겨 시조시를 낭송한다는 말을 들을 때가 있다. 누구의 어떤 시조냐고 묻는 대답에 해답으로 나온 시가 번번이 이 시조였다. 나 또한 소리 내어 읽어보니 그건 그럴만하다 싶었다."고 해설했다.

시가 무엇인가?라고 누가 내게 물어오면 나는 아직 당황스럽다. 할 말이 없기 때문이다. 아니 없는 것이 아니라 너무 많아서 그럴지도 모른다. 그 이유야 어디에 있든 나는 아직 시를 나의 언어로 정의하지 못한다. 그래도 나는 절망하지 않고 시를 쓰면서 시를 무엇이라고 정의해야 하느냐고 고민하며 산다. 따지고 보면 삶이 무엇이라고 말하지 못하면서 사는 것과 별로 다를 것이 없기 때문에 뭐, 그리 부끄럽지도 않다는 뻔뻔함을 지니고 있기도 하다.

4부로 125편의 시를 청년-장년-노년-유년 순으로 묶었다. 다분히 엮은이의 주관이 강하게 뱄다. 책머리 첫 문장으로 "애당초 시는 시인의 삶에서 나옵니다."(4쪽)라고 썼다. 그리고 좋은 시는 괴테의 말을 빌려왔다. "어린 아이에게는 노래가 되고, 청년에게는 철학이 되고, 노인에게는 인생이 되는 시다."(259쪽) 좋은 시에 대한 견해에는 전적으로 동의하기 어렵다. 그러나 125편 전체가 참으로 아름다운 시였다.

조지훈 시인의 「병病에게」란 작품에 공감이 컸다. "생에의 집착과 미련은 없어도 이 생은 그지없이 아름답고/ 지옥의 형벌이야 있다손 치더라도/ 죽는 것 그다지 두렵지 않노라면/ 자네는 몹시 화를 내었지" 7연의 시 5연에서 울컥했다. 아마도 나이 탓이리라. 시를 읽는 것도 나이를 먹는 것. 세상을 이해하는, 아니 삶을 이해하는 그만큼 시를 이해하는 것이라는 생각이 든다.

따라서 시가 시인의 삶에서 오는 것이란 말에 적극 동의한다. 나는 나의 시론을 배우는 것이 아니라, 나의 삶에서 찾으려고 했고 그것은 여러 번 바뀌기도 했다. 시를 '열쇠' 라고 생각한 적이 있었다. 그래서 시를 쓰는 일은 열쇠를 만드는 것이라고 했다. 보이지 않지만 진실한 것, 아름다운 것이 감춰져 있는 광의 문을 여는 열쇠를 만드는 일, 아름다워서 드러나지 않는 것들을 누구나 볼 수 있도록 하는 열쇠를 만드는 일이라고 떠든 것이다.

그러다가 또 시는 '뽁뽁이' (Air Cap)라고도 했다. 뽁뽁이가 만들어지는 이유와 시가 만들어지는 이유가 같기 때문이다. 뽁뽁이는 공기를 압축시켜 만들고, 시는 언어를 압축시켜 만든다는 따위로, 좋은 시는 뽁뽁이를 터트릴 때처럼 감각적이어야 한다고도 생각했다. 시인은 뽁뽁이처럼 순수를 지켜가야 하고, 원형을 보호하고, 투명하여 속엣것을 드러내야 한다는 생각을 한 것이었다. 지금도 맞는 것 같기도 하고 틀린 것 같기도 하다.

또 얼마쯤의 세월이 흐르고는 시는 '청바지' 같은 것이어야 한다고 생각했다. 세상의 모든 사람들이 청바지를 입고 살듯이 세상의 모든 사람이 시를 읽어야 한다는 생각을 한 것이다. 청바지에는 다섯 가지의 상징이 있다. 그 첫째 상징이 도전의식이다. 청바지 탄생의 기적을 생각하면 된다. 둘째는 노동의 가치다. 셋째는 자유의 정신이다. 넷째는 저항정신이다. 다섯째는 남녀공용(Unisex)이다. 이 상징들은 시가 가야 할 길의 이정표가 될 수 있다고 했다.

시가 열쇠니, 뻑뻑이니, 청바지니 하는 과정을 겪어오다가 최근에는 시는 '장갑' 같은 것이어야 한다는 생각을 하고 있다. 그런 생각을 하게 된 것은 우연한 일을 겪고 나서부터다. 가을날 백담사에 갔다. 백담사에서 수렴동 계곡을 따라 영시사까지 가는데 조금 추웠다. 가다가 멈춰 서서 손을 부비고 있는데 템플스테이하는 사람의 복장을 한 여인이 나를 지나치다가 "어르신, 장갑 드려요?" 하고 물었다.

나는 말을 걸려 할 때 '마스크 바로 쓰세요' 할 줄 알았다. 내가 마스크를 바로 쓰지 않았으니까. 그런데 아니었다. 자기가 낀 장갑을 벗어 주겠다는 것 아닌가. 짧은 말이 그 어떤 시를 듣거나 읽은 것보다 따뜻했다. 그래, 시는 손이 시린 사람을 만나면 자기가 낀 장갑을 벗어주려는 마음, 그것이다 싶었다. 장갑, 그래, 장갑처럼 시는 추위를 막아주는 그런 무엇이 되어야 한다고 생각했고,

그래서 나는 그걸 '장갑시론' 이라 이름 붙일 요량이다.

그래, 나는 시를 무엇이라 생각하는가? 이 책을 읽고 생각해 보아야 할 것이다. 시, 결국은 삶이다. 시가 무엇인가?라는 질문의 답은 모두 스스로 삶에서 찾아내야 한다. 책에는 정답이 없다. 다른 사람의 답은 있을지 모르지만, 진정한 나의 답은 없다. 나의 애송시 한 편 갖는 것도 내가 좋은 것이면 된다. 다른 그 무엇도 이유가 될 수 없다. 독서의 결과물에서 가장 중요한 것은 나의 생각이 어떤 것이냐에 있다.

43 주
2023.
10. 29.

독자가 완성하는 소설

욘 포세, 홍재웅 옮김, 『보트하우스』,
새움, 2023(초판 2쇄).

보트하우스는 작은 배를 넣어두는 곳집이다. 그래서 해변가에서 자랐거나 사는 사람들에겐 그곳이 추억이 쟁여진 장소일 수도 있다. 이런 제목이 붙은 것은 이 소설의 내용에 보트하우스에서의 추억과 관련된 것이 많기 때문이다. 욘 포세의 다른 작품에서도 보트하우스는 자주 등장한다. 프랑스에서 국가공로훈장을 수여받은 일이나, 영국 〈데일리 텔레그라프〉가 선정한 '100명의 살아있는 천재들' 리스트 83위에 오른 경력, 노벨문학상 수상은 그의 다른 많은 수상과 이력을 덮어버려도 괜찮다.

『보트하우스』는 포세의 초기 작품이다. 화자인 '나' 와 어릴 적 친구인 크누텐, 그리고 크누텐의 아내, 세 사람의 관계를 그려낸 소설이다. 1부는 이름 없는 '나' 가 불안감이 시작된 지난 여름 크누텐과 그의 아내를 만났던 일을 서술한다. 2부는 크누텐의 시점을 빌려 1부의 사건을 다시 쓰고, 3부는 10년 전 크누텐과의 사이에서 벌어진 사건과 10년 후 재회한 크누텐과의 사이에서 벌어진 사건을 쓰고 있다.

서른이 넘어서도 마땅한 직업 없이 어머니 집에 얹혀 사는 '나', 그는 어릴 적에는 아주 친했으나 이제는 멀어진 친구 크누텐을 길에서 우연히 마주한다. 어엿한 음악 교사가 되어 아내와 두 딸을 데리고 고향에 휴가를 온 크누텐을 보며 '나'는 낯섦과 불편함 그리고 이유 모를 위기감을 느낀다.

그리고 그날 저녁 '나'가 제안한 저녁 낚시에 나온 것이 크누텐이 아니라 그의 매력적인 아내임을 확인하고 '나'는 더욱 커다란 불안감에 사로잡히는데, '나'와 크누텐 사이에는 대체 무슨 일이 있었던 것일까. 크누텐의 아내가 '나'에게 접근하는 이유는 무엇이며, 그가 자살한 이유는 무엇일까? 무엇일까? 무엇일까? 포세의 문체처럼 반복하고 싶어진다.

어쩌면 이런 경험은 누구에게나 있을 법하기도 하다. 어릴 적 친했던 친구와 오래 헤어져 있다가 만나게 되었을 때의 그 서먹함. 그것에 또 분명한 신분의 차가 생겼을 때 과거는 오히려 거추장스럽다. 말을 나누어야 할 것 같은데, 정작 나눌 말이 줄어들고 주눅 듦과 뻐김 사이에서 생기는 기묘한 상황 등은 사람을 참 기막히게 한다. 그런데 그 사이에 어떤 사건이 있었다면 그런 만남은 불안을 자아내지 않을 수 없다.

첫 문장, 첫 단락 "나는 더 이상 밖에 나가지 않는다. 불안감이 엄습하여 나는 밖에 나가지 않는다. 이 불안감이 엄습해 온 것은 바로 지난 여름이었다. 나는 적어도 10년은 보지 못했던 크누텐과 다시 마주쳤다. 크누텐과 나, 우리는 늘 함께였다. 내게 불안감이 엄습해왔다. 그게 무엇인지는 모르겠지만, 그 불안 증세로 내 왼팔, 내 손가락이 쑤신다. 나는 더 이상 밖에 나가지 않는다. 어째서인지 모르겠지만 내가 마지막으로 문밖에 나선 지도 몇 달이 되었다. 그것이 바로 이 불안감이다. 그것이 내가 글을 쓰는 이유이고, 내가 소설을 쓰기로 마음먹은 이유다." 이렇게 반복되는 문장은 불안을 달래는 기제가 되는 것인가?

2부에서 "그건 너무도 옛일이야, 그 보트하우스처럼 지금은 모든 게 너무나 달라. 그곳은 정말로 큰, 거의 내 모든 삶이었던 곳인데, 그런데 지금 거기엔 아무 것도 남아 있지 않아. 대부분의 것들이 그렇듯이, 결국엔 아무것도 남지 않아. 그냥 사라지지, 모든 것은 달라져. 한때 그랬던 것은 예전과는 꽤나 다른 어떤 것이 되어 버려, 사소해지고, 아무것도 아닌 것이 돼. 그런 식인 거야. 어쩔 수 없는 일이지. 그냥 그런 거야."(147쪽)

3부에서 마지막 단락 "오늘 크누텐의 어머니와 이야기를 나누었다고 말한다. 그 사람 말로는 크누텐의 아내가 죽었다는구나. 늘 끝이 좋지 않을 것 같았다면서, 다른 방도는 보이지가 않았다고. 그 사람이 그러더구나. 그 여자가 죽은 건 조금 전이라는데. 익사한 채로 발견됐대. 그건 끔직했다고. 그렇지만 끝이 좋진 않았을 거랬지. 아이들한테도 안된 일이라고. 아마도 자살이었을 거라고 그러더구나."

이 소설은 각 부의 이 문장들이 온갖 억측을 불러일으키게 한다. 소설이 어떤 일이 일어났다가 아니라 독자가 마음대로 다시 소설을 쓰게 한다고 할까. 궁금증을 해소시켜 주는 것은 어쩌면 단순한 것일지도 모른다. 무엇인가를 숨겨놓고 독자가 완성해 가는, 아니 독자가 상상해 보는 재미를 주려는 소설인지도 모르겠다. 노벨문학상 수상자 작품이라서 읽게 되었고, 소설에 대한 다른 생각 하나를 가질 수 있게 해 줘서 얻은 게 있는 소설이다.

44 주
2023. 11. 05.

주제의 보편성과 언어의 음악성

욘 포세, 정민영 옮김, 『가을날의 꿈 외』,
지만지드라마, 2019.

2023년 노벨문학상을 받은 노르웨이 작가 욘 포세. 희곡, 소설, 시, 아동문학, 문학의 전 분야에 걸쳐 활동했다. 희곡이 가장 많이 알려져 50여 개 언어로 번역되고, 21세기의 사뮈엘 베케트[10]라고 불린다. 그것이 『가을날의 꿈 외』라는 희곡집을 읽기로 작정한 중요 이유다.

「어느 여름날」, 「가을날의 꿈」, 「겨울」 세 작품이 실려 있다. 「어느 여름날」은 중년이 된 여자, 젊은 시절 어느 가을날 보트를 타고 피오르드 바다로 나가 사라져버린 남편을 회상한다. 특별한 사건은 존재하지 않고 중년 여

10) 1969년 건강이 악화되어 튀니지에서 요양하던 중 노벨문학상을 받았으나 시상식 참가를 비롯하여 일체의 인터뷰를 거부했다. 1989년 부인이 사망하고 5개월 후 세상을 떠났다. 『고도를 기다리며』 노벨상 선정 이유를 "새로운 형식의 소설과 희곡으로 빈곤의 시대에 사는 현대인의 기품을 찾게 한다."고 했다.

자의 과거에 대한 기억과 회상으로 이루어져 있을 뿐이다. 욘 포세 작품의 특징이 이렇게 특별한 사건이 없는 것에서 삶의 근원적인 질문을 던지고 그 답을 찾는 과정인가 싶다.

「가을날의 꿈」은 남자와 여자, 가족의 관계를 통해 또 다른 삶의 모습을 보여줄 뿐 역시 특별한 사건은 없다. 남자와 여자 그리고 남자의 가족들과 나누는 대화를 통해 평범한 삶의 모습을 보여주고 있다. 어머니의 대사 중 "모든 게 그냥 사라져요. 아무것도 아닌 것 속으로, 남은 건 아무것도 없어요. 모든 건 마치 구름처럼 흘러가요. 인생은 어두워지기 전 구름 낀 하늘과 같아요."(178쪽)가 주제인 듯, 그런 삶을 보여준다.

「겨울」은 2인극이다. 남자와 여자가 나오고 두 인물의 관계에서 오는 감정의 흐름으로 채워져 있다. 이 작품에서도 특별한 사건은 없다. 남자와 여자가 만나고 헤어지고 다시 만나는 상황만 드러날 뿐이다. 1장과 3장은 공원으로 거기에 벤치 하나, 2장과 4장에서는 호텔, 더블베드 하나만 놓인 매우 단순한 공간 구성이다. 공원의 벤치와 호텔은 만남과 헤어짐을 상징하는 대표 공간이다. 삶의 구성 요소인 만남과 헤어짐에 대한 보편적 성찰이다.

2019년도 번역된 이 책은 「해설」, 「지은이에 대해」, 「지은이 인터뷰」, 그리고 「옮긴이에 대해」가 부록으로 정리되어 있다. 친절한 편집이다. 지은이에 대한 상세한 정보는 작품을 이해하는 데 도움을 주었다. 그리고 지은이와의 인터뷰에는 작가의 특별한 면모가 드러나기도 한다. 이를테면 "나는 밤에 글을 쓰지 않는다. 밤에는 정신적으로 약해지고 감상에 빠지기 때문이다. 나는 차갑고 싶고 명확하고 싶다."고 한 것이 그것이다.

이 희곡집에서 뚜렷한 것은 두 가지다. 보편적 내용과 음악적 언어라는 것이 그것이다. 특별한 사건이 없고 등장인물들도 대부분 이름이 없고, 고유의 성격도 없다. 이러한 삶의 모습은 누구나 겪고 생각할 수 있는 보편성을 지니고 있어 독자는 그의 이야기에 몰입하게 되며 깊은 감정이입의 순간을 경험한다. 그러나 포세의 이야기는 인간의 존재, 본질에 대한 근원적인 질문이기에 이를 통해 독자가 만나는 삶과 성찰은 더욱 깊어질 수 있다.

두 번째는 음악적 언어다. 포세의 언어 형식은 고차원의 미니멀리즘에 속한다. 표현의 절제, 수식어의 과감한 생략과 응축된 단문, 마침표까지 생략한 문장의 사슬로 포세의 독특한 언어는 표면에 드러나듯 그렇게 단순하지 않다. 끊김과 반복의 리듬은 평이한 단문을 아름다운 시의 언어, 음악의 언어로 바꾸어 놓으며 침묵의 순간들은 내적인 빈자리를 형성한다. 이는 포세가 10대에 광적으로 빠져들었던 음악적 경험에서 기인한 것으로 해석

된다.

욘 포세, 감상에 빠지지 않기 위해 밤에 글을 쓰지 않으며, 차갑고 명확하고 싶다는 그의 소신이 보편성에 뿌리를 두고 있다는 사실은 시사하는 바가 적지 않다. 특별해야만 한다는 보통 작가들의 강박관념에 회초리를 갖다 대는 듯하다. 그렇다. 우리 삶은 모두 특별하지 않으며 거기서 거기다. 그리고 「가을날의 꿈」에서 어머니가 뱉는 대사처럼, 모든 것은 그냥 사라진다, 아무것도 아닌 것 속으로,

45 주
2023.
10. 29.

저녁의 쓸쓸함이 몰아친다

욘 포세, 박경희 옮김, 『아침 그리고 저녁』,
문학동네, 2019.

2023년 노벨상을 수상한 노르웨이 작가 욘 포세Jon Fosse의 작품이다. 2019년에 이미 우리나라에 번역되어 있던 책이다. 이제 노벨상 수상 작가라는 사실이 이전의 모든 경력을 덮어버리겠지만, 욘 포세는 참 많은 문학상을 받은 사람이다. 여러 번 수상 후보에 오른 적이 있어서 그의 노벨문학상 수상이 놀라운 일도 아니다.

노벨문학상 선정 이유도 복잡하지 않다. "그의 혁신적인 희곡과 산문은 말할 수 없는 것에 목소리를 부여한다."는 것이었다. 그의 장편소설 단 한 권을 읽고 이 사실을 긍정한다면 참 신중치 못한 판단이 될 것이 뻔하다. 그런데 한 편의 소설만 읽고도 '말할 수 없는 것'은 몰라서 하지 않는 말이 아니라 알면서도 말할 수 없는 말이라는 생각이 들어서 선정 이유에 고개를 끄덕이지 않을 수 없다.

이 작품, 『아침 그리고 저녁』의 비유는 너무나 단순하다. 아침은 한 생명이 태어나는 것이고 저녁은 한 생명이 사라지는 것이다, 그것을 비유한 것이다. 그 비유가 너무나 단순해서 절실해지는 묘한 효과가 있는 듯하다. 1장과 2장으로 나누었지만 1장은 산통을 겪는 과정과 아기의 울음소리가 나는 것이 전부다. 아침은 그렇게 짧다. 소설의 구성으로서는 20페이지, 저녁은 100페이지가 넘는다.

1장에서 소설의 줄거리를 던진다. "아이의 어머니는 고통으로 비명을 지른다. 이제 아이는 추운 세상으로 나와야 한다. 그리고 그곳에서 그는 혼자가 된다. 마르타와 분리되어, 다른 모든 사람과 분리되어 혼자가 될 것이며, 언제나 혼자일 것이다. 그러고 나서 모든 것이 지나가, 그의 때가 되면, 스러져 다시 아무것도 아닌 것이 되어 왔던 곳으로 돌아갈 것이다. 무에서 무로 그것이 살아가는 과정이다."(16쪽) 이 문장에 살이 조금 붙은 것이 이 소설이다.

2장은 아내가 먼저 떠나고 가까이에 막내 딸 하나가 살아 가끔씩 돌봐주지만 외롭기 한이 없는 연금 수령 독거노인, 그가 죽어가는 과정을 세밀하게 그리고 있다. 한 사람이 태어나고, 살고, 사랑하고 죽어가는 것이 이 소설의 전부다. 특별한 이야기도 아니다. 놀라운 사건을 경험하는 것도 아니다. 그냥 보통의 삶이라고 할 수 있는 삶을 사는 사람의 이야기다. 그래서 친근한 것인지도 모른다.

특별한 재미도 없고, 그렇다고 아주 지겹지도 않다. 무엇을 드러내려고 애쓰고 있는 것 같지도 않다. 그런데 그 문장이 음악적이다. 간과할 수 없는 사실이다. 작가가 사용하는 신노르웨이어인 뉘노르스크의 구어체적인 특성을 통해 다양한 분위기와 역동적인 움직임을 가진 독특한 음악적 산문을 만들어낸다는 해설이 있다. 그렇지만 그렇더라도 번역판인데, 그것도 독일어로 번역된 것을 한국어로 번역한 중역인데 그럴 수가 있을까. 번역자의 능력일까?

작가가 소설보다 희곡을 더 많이 썼고, 또 희곡으로 많이 알려져 그의 희곡을 읽을 기대가 커진다. 작가에 대한 나의 견해는 희곡 몇 편 더 읽어봐야 정립될 것 같다. 이 소설에서 남는 에피그램 하나 "사람은 가고 사물은 남는다." (43쪽) 그리고 인공으로 만든 가짜 미끼를 이르는 '루어', 나무를 패거나 자를 때 받쳐놓는 나무토막을 가리키는 '모탕' 이란 낱말을 처음 만난 기쁨이 있었다. 그런데 저녁의 쓸쓸함이, 저녁의 쓸쓸함이 몰아친다.

46 주
2023.
11. 19.

시간이 파괴된 소설

욘 포세, 홍재웅 옮김, 『3부작』,
새움출판사, 2023(초판 2쇄).

욘 포세의 『3부작』은 「잠 못 드는 사람들」, 「올라브의 꿈」, 「해질 무렵」으로 엮어진 연작소설이다. 한 편인 것 같으면서 세 편이고 세 편인 것 같으면서 한 편이다. 여기에 작가의 의도가 들어있는지 모르겠다. 무엇을 말하고 싶었을까? 그것도 선명하게 잡히지 않는다. 그런데도 잘 읽힌다. 마침표 없는 문장들, 반복되는 문장들, 내적 독백으로 이어지는 기억과 회생 그리고 강박관념들, 알 것 같으면서 모르겠다는 표현이 가장 정직할지 모르겠다.

「잠 못 드는 사람들」은 연주자 아슬레와 임신한 알리다가 벼리빈에서 방을 찾아 헤맨다. 그들은 17세에 불과한 연인. 알리다는 아이를 출산해야 하는 상황이지만 갈 곳이 없다. 그런 상황 속에서 어쨌든 아이를 출산하고, 이야기는 여러 세대에 걸쳐 이루어진다. 가장 큰 테마는 예술과 예술가이다. 아버지의 목소리를 알리다는 음악을 통해서 듣는다. 아버지의 목소리는 영적인 차원이 함축된 음이다.

「올라브의 꿈」은 아슬레의 결정에 관한 것. 스스로 찾아낸 올라브라는 이름으로 반지를 사기 위해 도시를 헤맨다. 자신과 자신의 연인을 사람들이 업신여기거나 불편해하지 않도록 하기 위함이다. 그러나 그는 금에 유혹되고 맥주를 많이 마시게 된다. 갑자기 그는 죄를 저지른 사람으로 지목된다. 세상에 존재하는 모든 것은 팔린다. 심지어 몸조차도 그리고 어쩌면 영혼조차도 그렇다. 마침내 그는 군중 앞에서 희생된다.

「해질 무렵」은 어떻게 알리다가 오스가우트를 따라서 농장으로 가게 되는지를 그리고 있다. 그녀는 그곳에서 하녀가 되지만 많은 아이들의 어머니가 되기도 한다. 이 작품은 낭만적인 사랑의 이미지를 담고 있다. 알리다는 이방인과 함께 살아가는 것을 선택하지만 끊임없이 아슬레의 목소리와 음악을 자연을 통해 듣는다. 자신의 인생을 과감하게 선택하고 마침내 그가 항상 사랑하는 사람과 재결합한다.

『3부작』을 해설한 옮긴이는 포세의 글쓰기를 다음과 같이 해설한다. 포세의 작품이 갖는 두드러진 특징은 미니멀리즘 기법, 즉 본질을 나타내는 단순성을 가장 중요하게 여기는 것. 그리고 감성주의가 들어설 여지가 없는 항상 냉정하고 맑은 상태의 지적인 언어 세계가 그의 작품과 문체에 깃들어 있다. 포세는 구두점 없이 극히 제한된 형태로 고전적 글쓰기를 한다. 그의 글은 짧으면서도 다 차지 않은 마지막 행을 지닌 일종의 자유시다.

또한 반복 기법, 즉 동일하거나 유사한 어구를 반복하며 그 의미를 강조하고, 동시에 리듬을 살리는 수사법을 적극적으로 사용한다. 이런 기법에 에너지가 있다. 또한 그것은 매우 음악적인 작품이기도 하다. 피오르드의 파도와 거기에서 생겨나는 음악적인 리듬을 통해서 자신의 주변에 살고 있으며 위로받지 못하는 평범한 사람들, 도망칠 수 없는 멜랑콜리를 긍정도 부정도 않고 있는 그대로 글에 담아낸다.

이야기가 이해되지 않는다 해도 모든 것은 결국 삶의 이야기고 "지구상의 삶이 작디작은 신성함을 지니고 있다면 그것이 사랑이지 않을까."라고 반문하는 해설자의 말에 고개를 끄덕인다. 책을 덮으며 이 모든 해설을 압축할 수 있는 욘 포세의 문장 하나를 따라가 본다. "그리고 그녀는 해변에 서서 파도가 치는 소리를 듣고 머릿결과 얼굴을 적시는 빗방울을 느낀다, 그런 다음 그녀는 파도 속으로 걸어 들어간다, 모든 추위는 따스함이고, 모든 바다는 아슬레다."라는…….

47 주
2023.
11. 26.

내 존재의 이유는?

욘 포세, 손화수 옮김, 『멜랑콜리아 I-II』,
민음사, 2023.

'멜랑콜리아Melancholia'의 의미가 분명히 잡혀야 하는데……. 소설의 제목부터 그 뜻이 분명해지지 않는다. 옮긴이는 해설에서 '우울질'이라는 말을 썼고, 사전은 "무쾌감증, 불면증, 정신운동의 변화, 죄책감 같은 심한 우울증"이라고 풀고 있다. 제목의 의미를 다 깨닫지 못하고, 소설을 다 읽고 돌아보니 책 내용을 잘 요약하는 이 이상의 제목이 없겠다 싶은 생각이 든다. 읽어 나가는 동안 계속 우울했으니까?

2023년 노벨문학상 수상자 작품으로, 스웨덴 한림원이 노벨문학상 선정 이유를 "말할 수 없는 것들에 목소리를 부여한 욘 포세의 혁신적인 희곡과 산문에 상을 수여한다."고 발표했는데, 이 소설의 내용도 이 선정 이유에 포함되겠다 싶은 생각이 든다. 「멜랑콜리아 I」에서 우울증 환자, 「멜랑콜리아 II」에서 치매 환자, 그 둘은 그들이 앓는 병을 통해서 말할 수 없는 것들을 말하는 것으로 볼 수 있기 때문이다.

「멜랑콜리아 I」은 라스 헤르테르비그라는 화가 지망생의 삶을 바탕으로 구성되어 있는데 그의 일생 중 단 이틀 동안의 이야기를 들려준다. 첫 부분은 1853년 늦가을 어느 날 오후에 시작된다. 보랏빛 코듀로이 양복을 차려 입은 라스는 자신의 재능에 확신과 불안을 지닌 우울증 환자로 노르웨이 화가 한스 구데가 교수로 재직하는 독일 뒤셀도르프 예술아카데미의 학생이다. 하숙집 딸 헬레네를 지극히 사랑하고 있다.

「멜랑콜리아 I」의 두 번째 부분은 1856년 크리스마스 이브, 라스가 가우스타 정신병원에 입원해 있는 모습을 묘사한다. "나는 화가며, 정신병원에 있어선 안 될 사람이다. 나는 그림을 그릴 것이다. (중략) 나는 오늘 가우스타 정신병원에서 도망칠 것이고 다시는 돌아오지 않을 것이다."(289쪽)라고 중얼거린다. 1991년 늦가을 저녁 삼십 대 중반의 작가 비드메와 마리아라는 여성 사제와의 짧은 이야기를 만난다.

「멜랑콜리아 II」는 라스의 누나 올리네, 그녀가 기억하는 라스, 남동생의 성장과정을 단편적이고 파편화된 기억의 조합을 통해 간신히 유추할 수 있다. 그녀의 작은 집(화장실) "걸쇠 옆에는 라스가 그린 그림 한 장이 걸려 있었다."(468쪽) 그리고 또 다른 남동생 쉬버트의 죽음을 보기도 한다. 라스가 가고 쉬버트도 가고 그의 차례가 다가오고 있음을 느끼다가, "그녀는 단 한 번도 느껴보지 못했던 평온함에 몸을 맡기며 벽에 몸을 기댔다."로 끝난다.

욘 포세의 언어가 아무리 리듬을 가졌다 해도 그 리듬이 내용을 덮지는 못한다. 우울증도, 치매도 모두 정신질환, 열정에 의한 것이든 늙음으로 피할 수 없는 것이든 병은 그야말로 병이다. 라스가 우울증에 걸려 그림과 한 여인을 생각하게 되는 것은 병 속에도 희망이라 볼 수 있다면, 올리네의 치매는 어느 한 구석 편안하거나 밝은 구석이 없다. 마지막 장면, 죽어 쓰러지는 장면이 다행이다 싶으니 참으로 무서운 것이다.

인간이 마지막에 가 닿아야 할 길이 이런 것이라면, 이 끔찍한 상황을 내가 비켜갈 수 없는 것이라면, 갑자기 멜랑콜리아에 젖을 것 같은 불안감이 밀려온다. 그런 사실을 느끼기 때문에 그럴 위험은 차라리 줄어들겠지만, 우울하다. 그런 면에서 소설의 제목은 다시 한번 적절했다. "나는 자유를 되찾아야 한다. 나는 그림을 그려야 한다. 나는 모든 것을 버려야 한다. 그림을 그릴 수 없다면 내가 존재할 이유도 없다. 빛도 사라질 것이다."

멜랑콜리아의 중얼거림으로만 이해해서는 안 될 것

같다. 이 책을 읽은 뒤에 할 일은 우울함 속에서 내 존재의 의미를 생각해 봐야겠다는 것이다. 늦가을 바람이 분다. 차다.

48 주
2023.
12. 03.

찝찝한 예감

이도원, 『그녀들의 거짓말』, 푸른사상, 2023.

소설가 이도원, 2003년 〈부산일보〉 신춘문예 당선으로 문단에 데뷔했고, 2020년 「세 사람의 침대」로 현진건문학상 본상을 수상했다. 대구에 산다. 2022년 어느 가을날 밤 소리꾼 박경화가 주관한 문인수 시인 추모의 밤에서 처음 만났다. 그 후 2023년 매일시니어문학상 심사장에서 함께 심사를 했고 그 시상식에 만나 본 것이 그와의 인연이라면 인연인데, 그가 『그녀들의 거짓말』이라는 제목으로 소설집을 상재했다. 아마 첫 소설집인 것 같다.

자신을 소개하면서 "가난한 자, 소외된 자에게 편파적으로 기댄 소설을 쓰겠다고 호언장담한 당선 소감에 스스로 묶여 근 20년을 공터와 폐허와 빈집으로만 돌아다녔다." 「작가의 말」에서는 "내가 소설을 쓰는 이유는 변명하기 위해서이다."라고 썼다. '어! 뭔가 있을 것 같다'는 느낌이 왔다. 책이 왔을 때 2023년 노벨문학상 수상

작가의 희곡과 소설, 다섯 권째로 『멜랑콜리아 I-II』를 읽고 있어서, 내게 그 다음 읽을 책이 되었다.

여덟 편의 작품을 읽으면서 많이 '아팠다.' 제목은 다르지만 가난과 소외라는 한 궤적을 따라가는 것이었다. 가난한 것이 지겹고 소외되는 것이 아파서 그만두고 싶을 정도였다. 작가는 지겹지도 않았는지 집요하게 가난과 소외를 파고들었다. 왜 이렇게 비루한 삶만 다루어야 하는지 묻고 싶을 정도다. 너무 아팠기 때문이다. 소설 속에 전개되는 이런 삶이라면 나는 하루도 더 살고 싶지 않겠다는 생각이 들었다. 겨울밤 이 책을 읽으며 따뜻한 침대를 가진 것이 참으로 고맙게 여겨졌다. 작가의 노림수에 걸려든 건지 모르겠지만…….

그런 생각을 하다 보니 작가의 말이 떠오른다. 그렇구나, 가난한 자, 소외된 자에게 지독하게 편파적인 소설, 그걸 쓰겠다고 마음먹은 작가의 작품이니까 싶었다. 그래도 지나치게 편파적인 것 아닌가 하는 생각도 없지 않다. 소설가의 당선 소감은 정치인의 공약 같은 것이어서 그렇게 철저히 지키지 않아도 그 누가 목숨 걸고 따질 사람도 없는데, 작가가 이 말을 20년 동안이나 팽개칠 수 없었다니 자기가 뱉은 말을 꼭 실행해야만 하는 편집증이 있구나 싶다.

나는 이 소설집을 읽고 '가난과 소외' 라는 현실에서

작가가 작품마다 '책'을 들고 나온다는 사실을 기억한다. 대놓고 「책 읽는 남자」라고 제목으로 단 것도 있지만, 「세 사람의 침대」는 아예 '책 읽는 여자'로 제목을 바꾸어도 어색하지 않겠다. 「자개장롱이 있는 집」에 책은 없었지만 학원이 나오고, 「그녀들의 거짓말」에서 "내가 들여보낸 책은 잘 읽고 있는지 궁금하구나. 책밖에 없다. 네 인생을 다시 시작하려면 말이다."(48쪽)라고 말하기도 한다.

그런 의미만도 아닐 것 같다. "책을 읽으면 읽을수록 무책임한 자들을 양산할 뿐이야. 책은 비겁한 사람들의 도피처에 불과해."(158쪽) "책을 읽는다고 해서 배가 고프지 않은 건 아니에요."(162쪽)라고 쓰기도 했지만, 작가는 책에다 삶을 기대고 소설을 기대고 있음을 숨기지 못했다. 시인 장정일의 시를 인용하고, 조르바와 『월든』 그리고 『무진기행』까지 소설에 끌어와서 써먹고 있지 않는가? 그러면서 책은 아니야, 라고 말할 수는 없을 터.

또 한 가지, 1인칭 시점의 소설이지만 이름을 가진 등장인물이 하나 없다. 이름 지어주기가 싫었던가. 그럴 필요도 없긴 하겠다. 가만히 생각해 보니 그게 꽤 괜찮은 일이다. 이름이 없다는 것은 특정한 누구가 아니라 누구든 그럴 수 있다는 사실을 함의하는 것 아닌가? 그렇다. 누구나 가난하지 않을 수 있고 또 누구나 소외되지 않을 수 있다. 그리고 누구나 다 가난해질 수 있고 또 누구나 다 소외될 수도 있다. 그 누가 아니고 나와 너 그리고 그.

한 가지 더 보탠다면 「그녀들의 거짓말」에서 “마음은 통하지 않아도 몸은 통하는 것이 남편이란 작자거든.”(144쪽) 「세 사람의 침대」에서 “상대가 원하는 것은 절대 들어주지 않는 것이 부부의 속성인 것처럼.”(157쪽)에서 히죽 웃고 말았다. 비슷한 생각을 한 적이 있기 때문이다. 요며칠 욘 포세 작품의 ‘멜랑콜리아’가 내게 건너왔고, 이도원의 소설이 또 나를 괴롭히기도 하는데, 이 구절들이 ‘그렇구나’라는 긍정의 바람으로 불어왔다.

타인의 불행을 보며 다행으로 여기는 내 삶, 그것을 누리라고 한 것인가? 해설자의 견해를 참작하지 않는 나는 이 소설집이 그런 의미로 다가섰으면 좋겠다. 거창한 의미를 가지지 않아야 순수한 것이 될 수 있을 테니까 말이다. 이 소설을 읽으면서 재미를 찾을 수는 없었지만 심각할 수는 있었다. 그리고 소설 속 등장인물들이 지금 내가 아니어서 좋았다. 아니, 지금 우리 식구가 아니어서 좋았다. 나는 그런 속물이다. 그렇지만 나의 미래에 그 지독한 가난과 소외가 있을 수 있다는 찝찝한 예감이 든다.

49 주
2023. 12. 10.

페르시아의 4행시, 루바이

오마르 하이얌, 에드워드 피츠제럴드, 에드먼드 설리번 그림, 윤준 옮김, 『루바이야트』, 지식을 만드는지식, 2020.

대한민국의 정형시 시조를 쓰며 사는 사람이 다른 민족의 정형시에 관심을 갖는 것은 너무나 당연한 일이다. 아마도 그런 이유로 구입하게 되었겠지만 당장 필요치 않아 읽지 않고 책장에 꽂아만 두었던 책이 어느 날 손에 잡혔다. 이런 일이 당장 책을 읽지 않아도 사 놓을 필요는 있구나 하는 생각이 들게 한다. 이 책은 아무리 봐도 내게서 너무 멀리 있는 책이다. '정형시일까?' 라는 의문 말고는 페르시아도 루바이도 참으로 멀기만 하다. 시·공간적으로 다 그렇다.

책도 특이하다. 저자가 둘이고, 그림을 그린 이가 있고, 번역자가 있다. 왼쪽 페이지에 루바이, 즉 페르시아 정형시 한 편, 그 아래 주가 붙어있는 경우가 많고 오른쪽 페이지에 시의 내용을 그림으로 표현, 75편의 루바이와 삽화가 실려 있다. 두 명의 지은이 중 한 명은 원작자로 중앙아시아의 천문학자이자 시인인 오마르 하이얌이고, 다른 한 명은 그의 페르시아어 4행시를 영역한 빅토리아기 영국의 에드먼드 피츠제럴드다. 삽화를 제작한 에드먼드 설리번은 영국의 도서 삽화가다.

그 멀고 먼 책을 읽기 위해 먼저 알아야 할 것은 페르시아다. 서양인들 사이에서 이란 고지대를 중심으로 서아시아, 중앙아시아, 코카서스 지방을 포함하는 넓은 지역을 통치하던, 이란 민족 혹은 이란 민족에 의한 고대 제국을 가리키는 말로 사용되었다. 페르시아는 그렇게 멀리 있다.

페르시아어 '루바이' 는 4행시. '루바이야트' 는 복수형, '4행시 모음' 이다. 페르시아 시에서 오래된 형식의 하나이긴 하지만 특별하게 중요하게 여겨진 시 유형은 아니었다고 한다. 시인들과 교육받은 이들이 여가 시간에 루바이를 재미 삼아 짓거나 벗들과 흥겹게 저녁 시간을 보내며 즉흥적으로 짓기도 했는데, 어쩌면 그것이 하이얌의 루바이야트가 당대에 중요한 작품으로 인식되지 않았던 이유 중 하나일 것이다.

페르시아어 루바이의 압운 체계는 'aaba' 였고, 피츠제럴드 또한 이 체계를 따르면서도 좀 더 관례적인 영국시의 리듬과 율격을 활용했다. "하이얌의 루바이들을 번역하면서 그가 활용한 4행연은 영시에서 '루바이야트 4

행 연'으로 널리 알려져 있다. 세 번 되풀이된 각운은 4행 연을 충분히 자족적인 것으로 만들면서 경구 또는 잠언의 특질을 부여한다."(154쪽) 이러한 루바이의 특질은 민족의 정형시적 특징을 반영하는 것이다. 우리의 시조도 그렇다. 그것을 작품으로도 확인할 수 있다.

11
여기 나무 그늘 아래 빵 한 덩어리
포도주 한 병, 시집 한 권 - 그리고 황야에서도
내 곁에서 노래하는 그대가 있으니-
황야도 낙원이나 다름없구나.

우리의 고시조처럼 제목도 없고, 자연 속에서 살고자 하는 뜻이 드러난다. 시·공간의 차이는 있어도 사람 사는 세상의 꿈은 언제, 어디서라도 다르지 않다는 사실을 알 수 있다.

오래전 페르시아에 있었던 4행시가 많은 세월이 흐른 후에 우리 민족이 즐기던 시조와 크게 다르지 않다는 것이 그런 사실을 방증한다. 46의 번호를 달고 있는 작품은 인생무상이다.

46
세상살이래야 들락날락 위아래로 번갈아 나타나는

기껏해야 주마등走馬燈[11] 놀이에 불과하니까
해 노릇 하는 촛불이 든 상자 속에서 상연되고
그걸 에워싸고 허깨비인 우리는 나타났다 사라졌다 할 뿐 이니까.

자연과 인생무상을 주제로 한 시. 이것은 어느 민족에게나 같은 경향을 띠고 있다는 사실을 알 수 있다. 시조와 비교해 보면 형식은 다르지만, 다른 부분은 매우 유사한 발생학적 원인을 공유한다. 그것은 인류의 보편성이란 말에 수렴될 수 있는 것이다. 다음 루바이를 읽으면 그런 점을 더욱 분명하게 인식할 수 있다.

29
이 세상 올 때도, 제멋대로 흐르는 물처럼,
왜 왔는지, 어디서 왔는지 알지 못했는데,
세상을 떠날 때도, 제멋대로 불어대는
황야의 바람처럼, 어디로 가는지 알지 못한다네.[12]

11) 원통 안쪽 축에 여러 형상들이 그려져 있고, 내부에 촛불의 힘으로 원통이 돌아가면서 종이를 붙인 바깥쪽 표면에 그 형상들이 번갈아 나타나게 만든 일종의 환등(幻燈).
12) 신약성서 「요한의 복음서」에는 "바람은 제가 불고 싶은 대로 분다. 그 소리를 듣고도 어디로 불어와서 어디로 가는지를 모른다."(3장 8절)라는 구절이 나온다.

50 주
2023.
12. 17.

한산도의 새로운 이야기

김훈, 『칼의 노래』, 문학동네, 2015(1판 26쇄).

『칼의 노래』는 쉬 지나칠 수 있는 소설이었다. 이순신 장군의 이야기이기 때문이다. 그 이야기는 가치가 없어서가 아니라, 영화를 통해서나 다른 읽을거리를 통해서 어느 정도 알고 있다고 착각할 수 있기 때문이다. 그러나 서지를 보면 그게 아니다. "2001년에 출간된 『칼의 노래』를 2012년에 문학동네 출판사로 옮겨서 다시 펴낸다."는 「임진년의 서문」을 보면 이 책이 지나쳐도 좋을 그런 책이 아니란 걸 알게 해준다. 내가 읽은 책이 26쇄판, 사서 책꽂이에 꽂아두고 읽지 않았던 책을 늦게라도 읽어서 참으로 다행이다.

나는 이순신 장군 하면 제일 먼저 떠오르는 게 시조다. "한산섬 달 밝은 밤에 수루에 혼지 앉아/ 큰 칼 옆에 차고 깊은 시름 하는 적에/ 어디서 일성호가는 나의 애를 긇나니."라는 시조다. 그런데 이 소설 시작 전에 「閑山島 夜

吟」이라는 오언절구가 실려 있다. "水國秋光暮 驚寒雁陣高 憂心輾轉夜 殘月照弓刀"(한 바다에 가을빛 저물었는데/ 찬바람에 놀란 기러기 높이 떴구나/ 가슴에 근심 가득 잠 못 드는 밤/ 새벽 달 창에 들어 칼을 비추네.) 시조와 그 내용이 크게 다르지 않은, 이순신 장군의 나라 걱정이다.

이처럼 『칼의 노래』는 이순신의 온갖 고뇌와 고행이 다 들어있다. 질투와 시기와 불의가 그의 주위를 맴돌고 있었지만 흔들리지 않고, 칼의 노래를 부른 이순신은 그야말로 민족의 영웅이다. 임진왜란은 1592년(선조 25년)부터 1598년까지 2차에 걸쳐서 우리나라에 침입한 일본과의 싸움이다. 1차 침입이 임진년에 일어났으므로 임진왜란, 2차 침입이 정유년에 있었으므로 정유재란이라 한다. 그러나 일반적으로 정유재란까지 임진왜란이라고 한다. 나라가 있었지만 나라의 힘을 얻기 어려워 군량과 무기를 조달하고 제작하며 싸워야 했던 싸움이다.

이 소설은 이순신이 충성스러운 마음으로 나라를 걱정하여 죽음으로 전쟁에 임한 그의 정신을 담은 것이지만 그것은 그것대로 빛나고 가치 있다. 그러나 이 소설에서 만나는 김훈의 문체는 무섭도록 적확하다. 2022년 노벨문학상 수상자 프랑스의 아니 에르노가 "글쓰기는 칼 같아야 한다."고 한 말이 좀체 이해되지 않았는데, '칼 같은 글'을 이 소설에서 만나는 것 같다. 그가 바다에서 바닷물과 자연을 묘사한 속에 임진왜란의 모든 것이 용해되어 있다. 이순신의 마음과 나라의 위태로움들이 속속들이 박혀있는 것을 읽을 수 있기 때문이다.

"바다를 건너오는 바람은 늘 산맥처럼 출렁거렸다."(18쪽) "사각사각사각"(22쪽) "한강 밤섬에는 안개 속에서 살구꽃이 피어있었다."(23쪽) "모든 불가능은 확실했다."(26쪽) "나는 정치에 아둔했으나 나의 아둔함이 부끄럽지는 않았다."(28쪽) "방책 없는 세상에서, 목숨이 살아남아 또다시 방책을 찾는다."(29쪽) "나는 임금이 가여웠고, 임금이 무서웠다. 가여움과 무서움이 같다는 것을 나는 알았다."(51쪽) "바다 위에서 적의 군량으로 나의 군사를 먹일 수 있을 것인지."(85쪽) "초겨울의 물소리가 날카로웠다."(107쪽)

"싸움은 싸울수록 경험되지 않았고 지나간 모든 싸움은 닥쳐올 모든 싸움 앞에서 무효였다."(146쪽) "칼 지난 자리가 씹혀 있었다. 잘려진 단면에서 힘줄과 실핏줄이 난해한 무늬를 드러냈다."(149쪽) "희망은 없거나, 있다면 오직 죽음 속에 있을 것만 같았다."(177쪽) "적은 오지 않았지만, 적은 오고 있었다. 오지 않은 적의 기척이 물결을 따라 느껴왔다."(240쪽) "적선이 깨어질 때마다, 벌통이 깨어진 것처럼, 헤아릴 수 없이 많은 적병들이 물 위로 쏟아져 내려 썰물에 쓸려갔다."(256쪽)

이렇게 칼 같은 글쓰기로 전쟁의 참혹함을 드러냈고, 마지막 페이지에 와서 자신의 죽음을 맞아서 "이길 수 없는 졸음 속에서, 어린 면의 젖 냄새와 내 젊은 날 함경도 백두산 밑의 새벽안개 냄새와 죽은 여진의 몸 냄새가 떠올랐다. 멀리서 임금의 해소 기침 소리가 들리는 듯했다."(342쪽)고 죽어가면서 그는 아들의 몸 냄새를, 여인의 몸 냄새를, 임금의 기침소리를 들으며 죽음을 감각했다. 전쟁터에서 죽은 그는 민족의 영웅이 되었다. 이것으로 이 소설을 다 읽은 것으로 생각해선 안 되겠다.

김훈의 문장은 우리 삶에 적용하면 그대로 금언이 되고 격언이 되겠다. 이순신의 전쟁 업적을 알기 위해서가 아니라 문장을 어떻게 써야 감동을 생산할 수 있는지를 공부할 수 있게 해주려는 것 같다. 짧은 문장이 연속되어도 의미는 단절되지 않았고, 가볍지 않았다. 특히 "사각사각사각" '사각' 이라는 의성어를 일반적으로 겹쳐 쓰는 것에서 끝나는데, 한 번 더 겹쳐 쓰니까 그 소리가 더욱 선명하게 감각되는 것은 무슨 까닭인지? 문장과 낱말이 무슨 마법을 부리는 것 같다. 김훈의 문장으로 하여 이순신 이야기는 이미 있었던 것이 아니라 새롭게 창조된 이야기가 되었다.

51 주
2023.
12. 24.

제주 4.3 사건

한강, 『작별하지 않는다』, 문학동네, 2023(1판 13쇄).

어느 날 저녁 아내가 한강 소설 『작별하지 않는다』를 사 달라고 했다. 나는 이 소설이 나왔는지도 모르고 있었다. 아마 TV에서 정보를 얻지 않았을까 싶다. 한강이 『채식주의자』로 2016년 인터내셔널 부커상을 수상했을 때 그걸 읽었고, 그의 시집 『저녁을 서랍에 넣어두었다』를 보기도 했지만, 그의 후속작에 대해 큰 관심을 기울이고 있지 않았다. 아내가 먼저 읽고 내가 받아 읽었다.

『작별하지 않는다』는 "사 년 전 내가 꾼 꿈속의 검은 나무들을, 그 꿈의 근원이었던 그 책을."(57쪽)이란 문장이 있다. 꿈이 근원이니까 소설 읽기가 그리 편치는 않겠다 싶었다. 주인공 경하가 제주 인선의 집을 찾아가는 순간까지는 참으로 집중해서 읽었고, 소설 속에 충분히 빠질 수 있었다. 그러나 그다음부터는 제주 4.3 사건의 선험성에 간섭 받아 분노만 치밀어 올라 곧장 욕을 하며 책장을 넘겼다.

폭설과 통증을 안고 어렵게 도착한 인선의 집에서 경하는 칠십 년 전 제주에서 벌어진 민간인 학살과 얽힌 인선의 가족사를 마주하게 된다. 가족을 잃고 15년을 감옥에서 보내야 했던 아버지와, 부모와 동생을 한날한시에 잃고 오빠마저 생사를 알 수 없게 된 채로 언니와 둘이 남겨진 어머니 이야기, 소설의 공간 배경이 서러운 사실을 더욱 실감나게 만들었다. 마치 그날처럼 그렇게.

그리고 그와 함께, 학살 이후의 시간을 살아내며 오빠의 행적을 찾는 일에 수십 년을 바쳐 끝까지 포기하지 않았던 인선 어머니의 생애는 여자의 삶이 아니라 어머니의 삶이었다. 그것은 일상이 된 고요한 싸움이었다. 폭설로 고립된 외딴집의 어둠 속에 서러운 삶이 희미한 촛불로 깜박이고 있는 것이다. 더욱 경악할 일은 이런 고통이 인선의 집만 겪은 사건이 아니라는 것이다.

"1948년 정부가 세워지며 좌익으로 분류돼 교육 대상이 된 사람들이 가입된 그 조직에 대해 나는 알고 있었다. 가족 중 한 사람이 정치적인 강연에 청중으로 참석한 것도 가입 사유가 되었다. 정부에서 내려온 할당 인원을 채우느라 이장과 통장이 임의로 적어올린 사람들, 쌀과 비료를 준다는 말에 자발적으로 이름을 올린 사람들도 다수 있었다. (중략) 전국에 암매장된 숫자를 이십만에서 삼

십만 명까지 추정한다고 했다."(273쪽)

"1948년과 1949년에 재판 없이 수감된 제주 수형인 명부와 보도연맹 학살 사이에서 사건들을 복기했어."로 이어지며 "인간이 인간에게 어떤 일을 저지른다 해도 더 이상 놀라지 않을 것 같은 상태…… 심장 깊은 곳에서 무엇인가가 이미 떨어져나갔으며, 움푹 파인 그 자리를 적시고 나온 피는 더 이상 붉지도, 힘차게 뿜어지지도 않으며, 너덜너덜한 절단면에서는 오직 단념만이 멈춰줄 통증이 깜빡이는……"(316쪽)

말을 잃어야 한다. 국가는, 국가는 도대체 하는 생각만 떠오른다. 제목 '작별하지 않는다'는 소설 속에서 "작별 인사만 하지 않는 거야, 정말 작별하지 않은 거야?" "완성되지 않은 거야, 작별이?" " 미루는 거야, 작별을? 기한 없이?"(192~193쪽) 이렇게 오고가는 대화 속 '작별'의 의미가 이 억울한 죽음에 대한 속죄 없이, 그런 죽음과 우리 모두가 작별해서는 안 되는 것이라는 생각이 든다.

52 주
2023.
12. 31.

무엇이 어디로 흐르는가?
- 청룡을 타고 비상하는 2024를 기원하며

김난도 외, 『트렌드 코리아 2024』, 미래의 창, 2023.

2008년부터 발간되고 있는 『트렌드 코리아』는 21세기 한국의 『토정비결』 같다고 해도 크게 틀리지 않을 것이다. 주요 내용은 '소비 트렌드 전망'이다. 자본주의에서 삶을 가장 직접적으로 드러낼 수 있는 낱말을 찾으라면 '소비'가 아닐까 생각된다. 삶은 그렇게 소비하는 것이다. 사는 것 자체를 목숨을 소비하는 일로 보면 좀 지나친 것이 되는가? 이 시리즈가 처음 시작되었을 때 참 대단하게 생각했다.

내가 가장 놀란 점은 책 제목을 짓는 방식인데, 그게 참 멋있었다. 그해의 12간지에 전망 10가지를 결합시키는 교묘한 방법이 이래저래 유용한 아이디어가 되기도 했다. 낱말의 영어 이니셜을 따내고 그것을 조합하여 용어를 만드는 방법으로 의미를 창조할 수 있었기 때문이다. 그러나 그것보다 더 크고 의미 있는 것은 새해의 전망을 읽는 것이다. 새해가 어떻게 흘러갈 것인가에 대한 궁금증이다.

시리즈가 처음 시작됐을 때 관심을 갖고 있다가 내용이 어렵기도 하고 트렌드를 빙자하여 지나치게 유행을 쫓고, 가벼운 것이 아닌가 하는 생각이 들어서 수년 동안 읽지 않았다. 차라리 문학 작품을 통해서 시대 흐름을 파악하는 것이 낫겠다는 생각을 했다. 그래서 일본 작가 가즈오 이시구로의 『클라라와 태양』을 읽기도 하고, 비트코인이 궁금해서 그것을 주제로 한 장류진의 장편소설 『달까지 가자』를 읽기도 했다.

몇 해만에 다시 이 책을 읽게 된 것은 독서클럽 '책으로 노는 사람들' 에서 수년 동안 고전만 읽었는데, 비문학 도서도 한번 읽고 토론을 해봐야겠다는 생각이 들었기 때문이다. 마침 연말이라서 이 책을 읽는 것이 괜찮겠다는 판단을 한 것인데 회원들이 동의했다. 독서클럽 회원들과 이 책의 부제 '청룡을 타고 비상하는 2024를 기원하며' 의 마음을 서로 나누고 싶다는 생각도 포함되었다.

2024년의 10대 소비 트렌드 키워드로 살핀 내용이다. 'DRAGON EYES' 는 '분초사회, 호모 프롬프트, 육각형 인간, 버라이어티 가격 전략, 도파밍, 요즘남편 없던아빠, 스핀오프 프로젝트, 디토소비, 리퀴드폴리탄, 돌봄경제' 의 이니셜을 따서 만든 용어다. '분초사회' 는 시간이 희소자원이 되면서 시간 효율성을 극도로 높이려는 트렌드, '호모 프롬프트'는 생성형 AI와의 관계 설정, 이 시대를 주도하려면 사색과 해석력을 겸비해야 한다는 것, '육각형인간'은 외모, 학력, 자산, 직업 집안 성격 등에서 약점이 없는 인간을 선망하는 트렌드를 말한다. '버라이어티 가격 전략'은 일물일가의 법칙에서 언제, 어디서, 누가 어떻게 사느냐에 따라 가격이 달라지는 트렌드를 가리킨다.

'도파밍'은 dopamine과 farming을 결합한 말로, 즐거움을 가져다줄 수 있는 도파민이 분출되는 행동이라면 뭐든 시도하고 모아보려는 노력을 의미한다. 도파민은 인간에게 행복감을 느끼게 해 주지만, 새로운 자극에만 분비되기 때문에 시간이 지날수록 점점 더 자극적인 쾌락을 좇게 만든다. 이때 필요한 것이 Serotonin이다. 세로토닌은 마음을 편히 갖고 명상하고 다른 사람을 도울 때 나오는 호르몬이다. 도파민이 액셀이라면 세로토닌은 브레이크다. "진정한 행복에 이르기 위해서는 도파민이 이끄는 삶과 세로토닌이 이끄는 삶의 균형을 도모해야 할 것"(241쪽)이라고 전한다.

'요즘남편 없던아빠'는 가정에서 남편의 역할 변화에 대한 것인데, 눈치력이 요즘 남편의 필수 덕목이라는 말이 나온다. '스핀오프 프로젝트'는 콘텐츠 산업에서 어떤 특정한 원작에서 파생되어 나온 작품을 지칭한다. 창작의 중요한 원천이 되는 트렌드를 가리킨다. '디토소비' 는 정보 탐색, 대안 평가 등 제대로 된 구매 의사결정 과정을 모두 생략한 채 그냥 나도ditto 하고 특정 사람, 콘텐츠, 커머스를 추종해 구매하는 것, 특정 대리체가 제안하는 선택을 추종하는 소비를 말한다.

'리퀴드폴리탄' 은 액체라는 뜻의 Liquid와 도시를 의미하는 politan을 합쳐 현대의 도시와 지역이 액체처럼 유연하고 서로 연결되며 다양한 변화를 보이는 가변체라는 점을 강조하는 트렌드다. '돌봄경제' 는 돌봄을 둘러싼 새로운 사회적 기술적 움직임에 대한 경향을 말한다. 돌봄은 신체적 어려움의 돌봄, 신체적 불편함을 살피는 것을 넘어 마음까지 세심하게 돌보는 정서돌봄, 서로가 서로에게 기대고 돌봐주는 것을 말한다. 엄마도 엄마가 필요한 세상이라는 말의 의미가 내용이다.

이 책을 통해 내가 알게 된 낱말들을 정리해 보면,

◇ 공간력: 사람을 머물게 하는 공간의 힘을 가리키는 말로 ① 공간 자체의 힘으로 사람을 끌어당기는 인력引力, ② 가상의 공간과 연계되어 효율성을 강화하는 연계력, ③ 메타버스와의 융합을 통해 그 지평을 넓히는 확장력의 세 가지로 구분된다.(60쪽)

◇ 두괄식 사회 - 결론부터 미리 보기

◇ 스토리텔링Story telling에서 스토리 두잉Story doing

브랜드마케팅 회사 '코컬렉티브' 의 창업자 타이 몬테규는 스토리 두잉이란 개념을 제안했다. 이는 기업 제품 관련 스토리를 대중에게 알리는 스토리텔링에서 한 걸음 더 나아가 스토리를 행동으로 옮기고 실천하는 것을 의미한다.

◇ 인류학에는 '문화의 냇물' 이라는 표현이 있다. 시냇물이 흐르는 것처럼 문화는 정체된 것이 아니라 끊임없이 변화하고 있다는 의미다.

◇ 시그니처signature는 원래 '서명' 의 의미인데, 자신의 신원을 서명으로 표현하듯 해당 기업이나 브랜드가 내세울 수 있는 단 하나의 상품에 흔히 시그니처와 같은 표현을 쓴다.

◇ 기존인구개념: 정주인구, 현주인구, 등록인구, 주간인구/야간인구

◇ 새로운 인구개념

생활인구: 정주인구 + 특정 목적 체류자 + 외국인

체류인구: 주민등록을 하지 않은 특정 지역에서 1박 이상 머무는 인구. 방문인구와 정주인구의 중간 정도 개념

관계인구: 지역과 관계를 지닌 외부인을 포함하는 인구 지역 출신으로 도시에서 거주하다가 귀향한 U턴, 도시 출신의 지방 이주민인 I 턴, 지방 출신의 기타 지역 이

주 그룹인 J 턴을 아우른다.

◇ 인구 데드크로스dead-cross: 사망자 수가 출생자 수를 앞지르는 것(2020년) 등이다.

이 책이 읽기를 권해준 책은 다음 세 권인데 구해 읽어야 할 책이다.

① Maryanne Wolf, 『다시 책으로』,

② 한상복, 이문웅, 김광억, 『문화인류학개론』, 서울대학교출판원, 1985.

③ 김선진, 『재미의 본질』, 경성대학교 출판부, 2013.

비문학도서는 그야말로 정보 입수의 차원에서 보는 책이다. 2024년을 맞으며 세상이 변해가는 모습을 희미하게 그려볼 수 있겠다. 그 속에서 나는 무엇을 생각하며 살아가야 할까? 그런 의미에서 유용한 책이 되었다.

2023년

해적이

01. 14. : 수 클래식 생활문화관, 문무학 시조 「발자국」,
「우체국을 지나며」 가곡 발표
01. 16. : 〈책으로 노는 사람들〉 독서토론, 아니 에르노 『세월』
01. 18. : 〈경상일보〉 신춘문예 시상식(심사위원)
시조 당선자 김미진 「염낭거미」
01. 20. : 《가희》 창간호 원고 전송 (「묻는다」, 「역주행」)

02. 09. : 《시조 튜브》 시조 〈나는 이렇게 썼다〉 1~3회분 녹화
〈시조특강〉 22년 12월 8일 녹화
02. 17. : 조명선 시조집 『동인 시영아파트는 이제 없다』
표4 원고 전송
02. 18. : 천강문학상 시조부문 심사(부위원장) 경남 의령군민회관
02. 19. : 《시조시학》 원고 전송 (「깎는다」, 「아홉산에서」)
02. 20. : 〈책으로 노는 사람들〉 독서토론,
박지원 『지금 조선의 시를 쓰라』

03. 06. : 대구문화예술진흥원 2023 지역문화예술지원사업
문학 작품집 발간 선정
03. 20. : 〈책으로 노는 사람들〉 독서토론, 레이먼드 카버 『대성당』
03. 26. : 스토리로 만나는 경북의 문화재 청송 옹기장 취재,
〈대구일보〉 4월 17일 보도
03. 27. : 한국문인협회 해외문학발전위원회 위원 선임
03. 28. : 신한국대학원 강의 〈팔자 고칠 시조 팔 수〉(담수회관)
03. 29. : 문무학 시조연구(김태경 《비평문학》 2023 제87호)
논문이 나옴
03. 31. : 비슬산 참꽃문화제 시화전 원고 「비슬참꽃」
《대구문학》 「벙찌다」 발표

04. 02. : 봄은 창작 시노래 프로젝트 두 번째 이야기(문무학 편),
라일락뜨락1956

04. 11~19. : 2023 팔공산 예술인회 및 올해의 선정 작가 초대전
시화 작품 「스미다」 출품

04. 17. : 〈책으로 노는 사람들〉 독서토론,
아쿠타가와 류노스케 『라쇼몬(나생문)』

04. 25./ 05. 04. : 문화예술위원회 실버마이크 공연 참가팀 심사
(1~2차)

04. 30. : 《시조 21》 「시조를 달리 봐야 할 세 가지 이유」 외 3편,
《대구예술》 「예술인의 작업 노트」 원고 전송

05. 11. : 안심 독서대학 강의 1/4 차시 〈운문의 품격〉

05. 12. : 안심 독서대학 강의 2/4 차시 〈시 읽기〉

05. 15. : 〈책으로 노는 사람들〉 독서토론,
표도르 도스토옙스키 『죄와 벌 1』

05. 18. : 안심 독서대학 강의 3/4차시 〈시조 읽기〉
제76회 정기연주회 대경 우리 가곡 부르기
시낭송 〈호미로 그은 밑줄〉, 다함께 부르기 〈청라언덕에서〉/ 김동녘 초청 성악가 〈발자욱〉, 〈그렇더라 그렇더라〉/ 소프라노 김은애 〈우체국을 지나며〉/ 테너 전준영 〈길은 길을 알고 있다〉/ 소프라노 손은희 〈상화의 라일락〉/ 소프라노 손은희, 테너 전준영 〈발자국〉 (7곡이 8회 불려짐)

05. 20. : 대구시조시인협회 문학 기행 참가, 공주 풀꽃문학관

05. 25. : 안심 독서대학 강의 4/4 차시 〈아동 운문 읽기〉

05. 30. : 두류도서관 길 위의 인문학
〈대구 중구 1950년대 문학〉 강의

06. 04. : 제16회 충북 청풍명월 시조 공모전 심사,
충북 진천 포석 조명희 문학관
06. 19. : 〈책으로 노는 사람들〉 독서토론,
표도르 도스토옙스키 『죄와 벌 2』
06. 20. : 제9회 매일 시니어문학상 시, 시조 부문 심사.
(매일신문사)
정현숙 시조집 『유모차와 해바라기』,
작품 해설 「時宜適切, 調宜絶妙」 전송
06. 30. : 《시조미학》 가을 호, 「오독사전 1 가까스로」 전송

07. 01. : 열 번째 시조집 『뜻밖의 낱말』 발행(뜻밖에)
- 《대구예술》 2023 여름 호, (작가의 노트)
- 《문장》 2023 가을 호, 문장이 정한 시집
『뜻밖의 낱말』 선정
- 《계간문예》 2023 가을 호, 시집 속에서 시를 찾다
「묻는다」-나이의 주소
- 《정형시학》 2023 가을 호, 화제의 시집 리뷰 「일흔」
- 2023. 07. 14. 〈영남일보〉,
단절과 고립… 관계의 허기 채우는
낱말 보따리 (최미애 기자)
- 2023. 07. 15. 〈매일신문〉, 뜻밖의 낱말 (전창훈 기자)
- 2023. 07. 19. 〈대구일보〉 이정환, 뜻밖의 낱말 6
「홍청망청」 '문향만리' 에 소개
- 2023. 07. 20. 〈대구신문〉, 색다르게 가지고 놀아본 우리말
(석지윤 기자)
- 2023. 07. 27. 시집 발간 기념, 문무학 시인과 함께 하는
7월 재능목요시 낭송회

- 2023. 08. 07. 미디어 시in, 김보람 시인의 '시조시각' 13 「뜻밖의 낱말 10. 착하다」
- 2023. 《대구시조》 연간집, 서평 정아경, 「빛이 된 낱말」
- 2023. 11. 10. 한국시조문학협회, 좋은 작품집상 수상
- 2023. 《정형시학》 겨울 호, 「이 계절의 책꽂이」 김태경, '감수성 분열' 의 시론과 한글이라는 객관적 상관물
- 2023. 《시하늘》 가을 호. 독자가 뽑은 좋은 시조 「인생의 주소」
- 2023. 11. 01. 《가희》 인은주의 '별난 시조' ⑧ 역주행
- 2023. 11. 03. 〈세계일보〉 '시의 뜨락' 「인생의 주소」
- 2023. 《시조문학》 겨울 호, 시조문학 작품집상 수상 소감
- 2023. 《문장》 겨울 호, 손진은이 선정한 좋은 시, 「문장부호 시로 읽기 16 - 빗금」

07. 10. : 《국제시조》 중국어 번역 작품 「어떤 역설」 전송
07. 14. : '경남 거창 윈드 오케스트라' 초청 강연 〈공연의 품격〉
07. 17. : 〈책으로 노는 사람들〉 독서토론, 김은국 『순교자』
07. 20. : 《시와 반시》 가을 호, 「오독사전 2 가물가물」
이호우, 이영도 기념사업회 운영위원회(청도군청)
〈매일신문〉 시니어문학상 시상식(수성관광호텔)
07. 21. : 팔공산 국립공원승격 기념 세미나 축사

08. 01. 『경북시조천년사』 집필
08. 05. 17:30 주례, 인터불고 웨딩인터빌리지홀
김호진 딸 김주혜 양, 박성열 군
08. 11. : 2023 만해축전, 한국시조시인협회
세미나 좌장, 만해마을

08. 19. : 대구문인협회 여름문학제 강연 〈문학의 품격〉
08. 20. : 12:30 주례, 인터불고 파크빌리지홀,
김종분 큰아들 장진환 군, 이지민 양
08. 21. : 국가건강검진 파티마 병원
〈책으로 노는 사람들〉 독서토론,
안네 프랑크 『안네의 일기』
08. 25. : 15:00~16:30 비원노인복지관 강의 〈나를 찾는 시조〉
08. 30. : 2023 대구광역시 문화상 심사(심사위원회 부위원장)
08. 30. : 《개화》 원고 「보인다」, 「내쫓다」 전송
08. 31. : 《달성문학》 원고 「강창교를 지나며」 전송

09. 01. : 학이사독서아카데미 서평 강좌 9기 개강, 강의
2023 서울지하철 승강장 안전문 게시용 시
「인생의 주소」 선정
2호선 충정로 내선 7-3(우),
3호선 수서(출발) 대화 9-4(좌),
5호선 을지로4가 상일동 1-3(좌),
6호선 효창공원앞 응암 7-49(좌)
09. 14. : 범어도서관, 백일장 사전 회의 참석
09. 18. : 〈책으로 노는 사람들〉 독서토론, 김동리 『무녀도』
09. 19. : 달성도서관 디카시공모전 심사
09. 20. : 이호우, 이영도 시조문학상 운영위원회 참석(청도군청)
09. 20. : 《대구문학》 신후식 작품 깊이 읽기 해설 전송
(「질박하다」)
09. 20. : 이호우, 이영도 기념사업회 운영위원회 참석(청도군청)
09. 28. : TV 조선 9시 뉴스 '앵커의 시선' 에 작품 「바다」 낭독됨
09. 30. : 《대구시조》 연간집 작품 전송(발표작 「이상동몽」,

신작 「오독사전 3 꾸역꾸역」, 「오독사전 4 나부랭이」)

09. 30. : 극단 온누리 창단 30주년 기념 축시
「꿈을 꾸며 살자고」 전송

09. : 2023 국제어문학회, 《국제어문》 98, 김태경,
'문무학 연작 시조 연구' 논문 발표됨

10. 05. : 학이사독서아카데미 강의 〈步로써 保하다〉
《가람시학》 제14호 원고 전송(「오독사전 5 느릿느릿」)
《고령문학》 원고 전송 (「봄날의 언어」)

10. 06. : 2023 도동시비문학상 심사 (수상자 없음)

10. 11. : 〈경북일보〉 청송객주 문학대전 시 부문 심사
(경북일보사)

10. 16. : 〈책으로 노는 사람들〉 독서토론, 조지 오웰 『1984년』

10. 17. : 제1회 청도문학상, 청도문학작품상 심사(상락식당)

10. 24. : 13년 3개월 14일, 333.200km를 탄 EQUSS 폐차,
LEXUS 구입

10. 26. : 학이사독서아카데미 강의 〈評으로 平하다〉
『경북시조천년사』 원고 제출 (600매)

11. 10. : 시조문학사 '2023 시조문학작품집상' 수상
제35회 신라문학대상 시조 부문 심사 (김현정)

11. 13. : 문강 류재학 전시 〈청라〉 축사

11. 15. : 서울특별시, 『지하철 시 공모전 선정작 모음집』,
「인생의 주소」 수록

11. 19. : 범어도서관 백일장 심사(시, 디카시 부문)

11. 20. : 〈책으로 노는 사람들〉 독서토론,
욘 포세 『가을날의 꿈 외』

11. 30. : 학이사독서아카데미 강의 〈綜으로 終하다〉

12. 02. : 국제시조 총회, 『경북시조천년사』 발간 기념 (책 해설)
제1회 단시조문학상 시상식 (축사)
12. 05. : 도동문학 천연기념물 지정 61주년 기념 사화집 원고 전송 (「도동의 측백」)
12. 07./ 18./ 22. : 대구문화예술진흥원 기획경영본부장
임원추천위원회(1~3차)
12. 14. : 윤동주 문학상 수상자 작품집 원고 전송 「바다」
12. 18. : 〈책으로 노는 사람들〉 독서토론, 김난도 외
『트렌드 코리아 2024』, 몬스터즈크래프트비어
12. 21. : 〈대구신문〉 제1회 디카시 신춘문예 심사 (대상 정지윤)
12. 24. : 《시조튜브》 잠잘 때 듣는 시조 「잠잠시조」(31:06) 탑재,
「인생의 주소」 외 32편
12. 26. : 도동시비동산 『천년기념물 1호』 사화집 출판기념회
「도동의 측백」 낭독